UN HOMME BIEN
SOUS TOUS RAPPORTS

DU MÊME AUTEUR

TRISTE VIE, Actes Sud, 1998.
TROUÉE DANS LES NUAGES, Actes Sud, 1999.
POUR QUI TE PRENDS-TU ?, Actes Sud, 2000.
PRÉMÉDITATION, Actes Sud, 2002.
TU ES UNE RIVIÈRE, Actes Sud, 2004.
SOLEIL LEVANT, Actes Sud, 2005.

Titre original :
有了快感你就喊
You le kuaigan ni jiu han
Editeur original :
Revue *Renmin wenxue*, Pékin, 2003

ISBN 2-7427-6288-4

Illustration de couverture :
Bai Wen-Zhong, *Devant le mur rouge* (détail)
avec l'aimable autorisation de la galerie Cathay, Paris

CHI LI

Un homme bien sous tous rapports

roman traduit du chinois
par Hervé Denès

ACTES SUD

Crie quand tu te sens bien[1] *!*

(Aphorisme lu sur l'étiquette
de la boîte d'allumettes
du paquetage d'un soldat américain
dans les années 1970.)

1. Cette formule ambiguë, qui peut vouloir dire aussi : "Crie quand tu jouis", est le titre original du livre.

PROLOGUE

Bian Rongda était son nom.

C'était son père qui l'avait choisi et il n'était pas peu fier de sa trouvaille. Ledit père était vendeur à la Librairie de la Chine nouvelle. Les gens l'appelaient maître Bian. Dès l'école primaire, son nom fut pour Bian Rongda un constant sujet de moqueries de la part de ses maîtres et de ses camarades. Ces derniers le surnommèrent "Pipi", "Caca", "Petite Natte" (fillette)[1]. Lorsqu'ils faisaient l'appel, trois de ses maîtres lisaient son nom ainsi : "Bia-a-a-n Rongda" ou encore : "Bianron-on-ong da", traînant sur l'une ou l'autre syllabe pour en rendre la lecture ridicule, en affichant une mine perplexe. Il s'agissait de trois jeunes enseignants appartenant à une "équipe de propagande en faveur de la pauvreté[2]". Dans l'école, ils étaient considérés comme des rouges. Ils avaient été recrutés dans les campagnes les plus déshéritées et les plus reculées et triés sur le volet pour être envoyés à la grande ville sur le front de l'enseignement,

1. Le nom de famille Bian (prononcer Bienn) est homophone des caractères *bian*, besoins naturels (d'où les surnoms de *xiaobian*, "pipi", et *dabian*, "caca"), et *bian*, "natte", "tresse". *(Toutes les notes sont du traducteur.)*

2. Equipe chargée de vanter les mérites de la pauvreté auprès des gens "aisés" des villes pendant la Révolution culturelle.

en tant que membres des équipes de propagande de la pensée-maozedong issues des paysans pauvres et moyen-pauvres, chargées de gérer les écoles. Il suffisait qu'à l'aune de leur expérience, quelque chose ne trouvât pas grâce à leurs yeux pour que cette chose fût jugée mauvaise et entachée du soupçon de bourgeoisie, petite bourgeoisie, féodalisme et révisionnisme. Pendant toute sa scolarité primaire, à cause de son nom qui sortait de l'ordinaire, ajouté au fait qu'il était de constitution chétive, Bian Rongda ne trouva pas l'énergie nécessaire pour s'affirmer. Un jour, toutefois, s'armant de courage, il fit part à son père d'une revendication – changer de nom – afin de s'appeler comme la grande majorité de ses camarades : "Bâtir le Pays", "Patriote", "Vers l'Est", "Aimer l'Est", "Révolution Culturelle", "Révolution", "Force", "Acier" et autres noms de cet acabit, afin de se conformer à la tendance de l'époque.

Maître Bian répliqua avec mépris : "Foutaises !"

Bian Rongda tenta encore de bredouiller quelques mots et maître Bian lui retourna alors une gifle magistrale. N'ayant pas vu le coup venir, Bian Rongda se trouva projeté à terre. N'osant ni pleurer ni même se plaindre, il se releva prestement, trouva le mur le plus proche, s'y adossa et se tint au garde-à-vous, le regard fixé droit devant lui, jusqu'à ce que son père eût jugé que la punition était suffisante. C'était la leçon habituelle inculquée au fils par le père. Bian Rongda comprit aussitôt ceci : désormais, il ne devrait plus jamais importuner son père au sujet de son nom. La mère de Bian Rongda était morte de bonne heure et maître Bian avait élevé son fils tant bien que mal, lui servant à la fois de père et de mère, et avait dû faire face aux pires difficultés. Aussi maître Bian avait-il résolu de faire de son fils un homme, un vrai. Dans l'idée de maître Bian, les critères à remplir étaient les suivants : "avoir de l'ambition et réussir professionnellement", "être brillant et convaincant", "se tenir comme un pin, s'asseoir comme une cloche, courir comme le vent et se coucher comme un arc", "sitôt tombé, sitôt relevé", "saigner, transpirer mais ne jamais pleurer". Le plus grand profit tiré par maître Bian de sa carrière à la Librairie de la Chine nouvelle avait été d'extraire de la montagne de livres qu'il avait manipulés trois gros volumes d'aphorismes, adages et autres devises sur l'existence. Et c'est grâce à la vénération qu'il vouait à ces trésors de sagesse qu'il avait pu éviter de se laisser porter paresseusement par le courant.

L'année de ses treize ans, Bian Rongda fit la chose suivante : il se brûla la paume de la main gauche. Une nuit où son père était parti en mission, il s'introduisit subrepticement dans un hangar délabré du fond de la ruelle des Vertus-Accumulées et alluma une grosse poignée de bougies. Il saisit les bougies enflammées dans la main droite, ouvrit grande la main gauche et fit couler la cire brûlante dans le creux de sa paume. Bian Rongda entendit ses dents grincer les unes contre les autres. Sous la violence de la douleur, il se sentit défaillir, son cœur se mit à battre à tout rompre, jusqu'à ce que ses deux mains commencent à trembler et que les bougies tombent par terre. Pour sa plus grande fierté, il ne gémit pas, ne cria pas et réussit à observer un silence digne. Bian Rongda avait étudié un texte évoquant la figure de Jiang Jie[1] – Grande Sœur Jiang – qu'il aimait beaucoup. La communiste

1. La Grande Sœur Jiang : héroïne du panthéon maoïste, célèbre pour avoir résisté aux tortures du Guomindang.

Jiang Jie était une jeune fille distinguée ; elle était vêtue d'un *qipao*[1] indigo, elle portait par-dessus une veste en velours d'un blanc immaculé et une longue écharpe rouge nouée autour du cou. Après son arrestation par le Guomindang, ses bourreaux lui avaient enfoncé de longues piques de bambou effilées dans chacun des doigts, utilisant ce moyen de torture pour tenter de la faire parler. Or cette jeune fille en *qipao* n'avait pas versé une larme, n'avait pas crié, mais, tout en ricanant, avait élevé ses deux mains sanguinolentes et les avait écrasées contre le mur de telle façon que les piques de bambou les traversent de part en part. Voilà ce qu'on appelle un silence digne ! Pendant qu'il se brûlait la paume de la main, Bian Rongda avait pris conscience de ce qu'est un silence digne. Et dès lors, il avait trouvé une arme. Face aux moqueries et aux brimades, y compris les punitions brutales de son père, il put toujours compter sur sa main gauche, recourant à un silence digne pour affronter toutes les situations. Dans les moments cruciaux, il suffisait qu'il serre son poing gauche de toutes ses forces pour réussir à ne pas articuler un son. La cicatrice qu'il cachait au creux de sa main apparaissait devant ses yeux, elle l'appelait, le guidait, lui donnait confiance et le remplissait de fierté.

Parvenu à l'âge adulte, Bian Rongda s'appelait toujours Bian Rongda. Il était malingre, il ne riait pas, il n'aimait pas parler et il serrait souvent le poing gauche.

Avant le mois de juillet 2001, voici quelle était la position sociale de Bian Rongda : il était

1. Robe traditionnelle mandchoue, fendue sur le côté.

secrétaire général et directeur du bureau de l'Association des souffleurs de verre, père du jeune Bian Haohan, âgé de dix ans, fils de son père maître Bian, frère aîné d'une sœur atteinte d'une obésité pathologique, il était le mari de son épouse Huang Xinlei, le gendre de sa belle-mère la tante Chen – ce dernier lien aurait pu être considéré comme négligeable mais le rôle peu ordinaire qu'avait joué la tante Chen dans sa vie en avait décidé autrement. En dehors des rôles apparents qu'il jouait, Bian Rongda avait comme beaucoup d'hommes un jugement et des certitudes cachés sur sa propre personne, à savoir qu'il était un homme doué d'un quotient intellectuel et d'un quotient affectif plutôt bon, un homme qui ne se résignait pas à la médiocrité et qui avait déjà quelques succès à son actif, un homme plein de probité et prêt à prendre ses responsabilités, un homme possédant un indéniable talent d'écrivain, enfin un homme qui exerçait un certain charme sur les femmes. Bien sûr, c'était en même temps un homme qui n'avait pas beaucoup de chance, un homme qui peinait à donner toute la mesure de son talent, et un homme qui ne disposait pas des ressources économiques et morales suffisantes pour faire honneur à une belle femme. Sa vie était certes émaillée de nombreux regrets, mais à y bien regarder sa situation générale restait acceptable, le bon et le mauvais se répartissant dans la proportion suivante : trente pour cent de mauvais pour soixante-dix pour cent de bon. Seule sa constitution chétive était pour Bian Rongda une donne qu'il ne parviendrait jamais à changer. Heureusement, le degré de civilisation de la société ne cessait de s'élever. A présent, beaucoup de jeunes femmes avaient un point de vue très encourageant. Lors des discussions animées qui avaient lieu au bureau, Wang Qi avait ainsi affirmé avec sérieux en relevant sa mèche bouclée : La taille des hommes et leur virilité sont deux choses totalement différentes ; chez les animaux, les mâles sont en majorité plus petits que les femelles ; le fait que les mâles soient de constitution plus frêle que les femelles les oblige à être plus entreprenants et plus agiles, ce qui leur permet d'être plus coureurs, plus prédateurs, plus offensifs et plus prompts à l'accouplement.

Coureurs ! Prédateurs ! Offensifs ! Prompts à l'accouplement ! Que de paroles troublantes ! Wang Qi était vraiment une femme adorable !

Auparavant, conformément à ses principes de modestie, l'appréciation que Bian Rongda avait de lui-même était qu'il ne jouait pas mal son rôle. Il ne pensait pas le jouer très bien mais seulement pas mal. Par rapport à l'ensemble de la population de la ville, les conditions matérielles de tous les membres de sa famille, jeunes et vieux, se situaient dans la moyenne supérieure. D'un point de vue macroscopique, sa génération était mieux lotie que celle de son père. Et la génération de son fils le serait certainement encore mieux que la sienne. Or cette "bonne" situation était inséparable de l'application et de l'ardeur au travail de Bian Rongda. Par son application, par son ardeur au travail, il n'avait rien à se reprocher. Telle était la situation de Bian Rongda au moment où commence notre histoire.

Bian Rongda vouait un culte au silence. Bian Rongda n'était pas simplement un taciturne, avec ce que ce mot contient de négatif : son silence à lui était positif. Bian Rongda se taisait en connaissance de cause et son expression ressemblait alors à celle qu'on peut avoir quand on a vaincu une rage de dents. Arborant cette expression qui n'appartenait qu'à lui, il sortait précautionneusement sa bicyclette. Il l'enfourchait précautionneusement. Il évitait précautionneusement les petits chiens et les cailloux qui lui barraient le chemin. Il se faufilait silencieusement entre le quartier résidentiel où il habitait et le siège de l'Association des souffleurs de verre, entre le domicile de sa petite famille et celui de son père, entre chez lui et chez sa belle-mère, entre chez lui et l'école de son fils, entre chez lui et ses amis, ses collègues, ses anciens condisciples et ses autres relations. Tous les matins, tiré à quatre épingles, Bian Rongda sortait de chez lui à la même heure, qu'il pleuve ou qu'il vente. S'il devait se rendre à une invitation ou autre manifestation particulière, il mettait un costume à l'occidentale avec une cravate. Avant d'enfourcher sa bicyclette, il essuyait les garde-boue en coinçant soigneusement sa cravate dans sa ceinture. Si, à l'occasion de cette rencontre, on lui remettait un cadeau, gros ou petit, Bian Rongda ne manquait jamais de le rapporter à la maison. Aussitôt entré, il le laissait tomber à côté de son épouse Huang Xinlei. Son geste paraissait négligent, mais Huang Xinlei avait compris le signal. Elle jetait un coup d'œil vers lui et prenait un air avenant. Bian Rongda pouvait alors aller s'asseoir sur le canapé, poser ses pieds sur la table à thé, la mine exténuée. Huang Xinlei lui apportait presque aussitôt une tasse de thé ou demandait à leur fils de la lui apporter.

Telle était la situation de Bian Rongda avant les événements que nous allons relater. Jusque-là la vie de Bian Rongda était en somme plutôt réussie. Parfois, sans crier gare, d'étranges bouffées d'angoisse l'assaillaient et il était brusquement saisi d'affolement. Mais dès qu'il réfléchissait sérieusement, cela ne débouchait sur rien.

Un jour de la fin juillet, Bian Rongda quitta son travail très tard et ne rentra chez lui qu'à la nuit tombée. Il rangea sa bicyclette dans le garage à vélos, fit demi-tour et se dirigea vers la ruelle ombragée. Dans cette ruelle qui conduisait à son immeuble, il sentit qu'on lui faisait un croche-pied. Plusieurs hommes le poussèrent violemment et lui écrasèrent le visage contre le sol. L'odeur de la fine poussière de la chaussée lui pénétra dans les narines et il ne put s'empêcher d'éternuer à plusieurs reprises. Un des hommes l'insulta, exaspéré par ses éternuements, puis se colla à son oreille et articula distinctement sur un ton féroce : “Ou tu rembourses Atila, ou on te coupe un bras. A toi de choisir !”

Le lendemain, dans le bureau du secrétaire de la cellule du parti de l'Association des souffleurs de verre, le secrétaire du parti Yan Mingjia s'esclaffa. Il commença par demander d'un ton surpris : “Ah, bon ?” Puis il enchaîna aussitôt sur un grand rire sonore. Quand il eut fini de rire, il s'exclama : “Bordel de merde ! Alors sans blague, il y a des mafieux, maintenant ! Mais c'est palpitant tout ça !” Puis il ajouta, tout excité : “J'en ai pourtant vu dans ma vie, mais s'il y a une chose que je n'avais encore jamais vue, c'est des mafieux. Très bien. On va les rencontrer, alors.” Yan Mingjia fixa Bian Rongda un moment, décrocha le téléphone et dit : “On va prévenir la police.”

Bian Rongda écrasa la fourche du téléphone. En cas de dépôt de plainte, il risquait de se retrouver avec un bras sectionné dans la poussière en moins de temps qu'il n'en faut pour le dire. Bian Rongda estimait en premier lieu que Yan Mingjia n'avait pas à rire aux éclats comme il l'avait fait. Ensuite il aurait pu se dispenser de ces réflexions de gamin. Enfin, il n'aurait pas dû décider de prévenir la police de manière aussi inconsidérée. En tant que cadre dirigeant de l'unité, Yan Mingjia avait eu une attitude déplacée, indigne des fonctions qu'il occupait. Il s'était montré incapable de défendre ses employés. D'autant que Bian Rongda n'était pas un employé ordinaire ; c'était le secrétaire général et le directeur du bureau de l'unité, c'était un des membres fondateurs de l'Association des souffleurs de verre et c'était le responsable de l'emprunt de 20 000 yuans contracté auprès de la société Atila ! Ce que Yan Mingjia aurait dû faire, c'était rembourser l'argent sur-le-champ. Ce dernier éclata de rire à nouveau, d'un rire forcé cette fois, puis il ajouta :

— Impossible ! Nous n'avons pas cet argent !

— Même si nous ne l'avons pas, il faut le rendre ! rétorqua Bian Rongda.

— Ah oui ! Parce qu'un directeur de bureau placé sous mes ordres débarque le matin en me débitant son histoire, il faudrait que je m'exécute ? C'est encore la cellule du parti qui commande ou non ? On a encore besoin du centralisme démocratique, oui ou non ?

Bian Rongda avait beau vouer un culte au silence, il lui arrivait parfois de ne pas réussir à se taire. Il leva la main gauche, celle dont la paume était marquée d'une cicatrice, et frappa de toutes ses forces le bureau de Yan Mingjia.

— Ecoutez-moi bien, dit-il, si vous ne rendez pas l'argent à Atila aujourd'hui, je file directement à la commission de discipline de la municipalité !

— D'accord, répliqua Yan Mingjia avec une effronterie de petit voyou, va faire ton rapport ! Si tu crois que tu me fais peur…

Bian Rongda fit volte-face et sortit. Naturellement, il fonça à la commission de discipline. Bian Rongda n'était pas homme à se mettre aisément en colère, mais dès qu'il se fâchait, plus rien ne pouvait l'arrêter. Il savait parfaitement que ces 20 000 yuans censés couvrir les frais d'une réception n'étaient qu'une goutte d'eau comparés aux millions de yuans détournés à la faveur de malversations. Mais le fond du problème était ailleurs. Ce qui était en cause, c'était le comportement des cadres de base du parti. N'expédiaient-ils pas leur travail par-dessous la jambe ? Se sentaient-ils encore liés le moins du monde par la discipline du parti, la loi, la morale, leur conscience ? Yan Mingjia avait détourné de l'argent de façon frauduleuse, il avait dilapidé les fonds publics sous des prétextes fallacieux, et tout cela avait été présenté dans son rapport d'activité comme un brillant succès. La commission de discipline était-elle au courant du phénomène, connaissait-elle l'existence de ce type de cadre ? Etait-elle consciente de ce que les cadres à la Yan Mingjia avaient totalement perdu le sens des responsabilités, le sens de leur mission ? Voilà ce dont Bian Rongda voulait s'assurer.

Prenons ce simple exemple : pour le 1er Juillet de cette année, Yan Mingjia avait demandé à Bian Rongda d'organiser une réception grandiose afin de célébrer l'anniversaire de la fondation du parti. L'essentiel étant que la fête fût "grandiose", Bian Rongda mobilisa toutes ses relations, accomplit toutes sortes de démarches et, grâce à l'aide d'un ancien condisciple, il réussit à impliquer Atila, société française de cristallerie. Au départ, il était prévu que les deux parties organiseraient conjointement un symposium pour célébrer le 1er Juillet et qu'on en resterait là. Atila fournirait les locaux, un lunch, des cadeaux commémoratifs et le tour serait joué.

— Pas question, déclara Yan Mingjia. Les capitalistes sont pleins aux as. Il faut qu'ils crachent !

Il prit son plus beau pinceau et rédigea le programme du symposium. Voici comment il prévoyait les choses : le symposium s'étalerait sur deux jours entiers. Avec à la clef : discours d'un dirigeant du comité municipal, discours des deux parties, chinoise et française, allocution d'un délégué du parti, allocution d'un membre stagiaire du parti et d'un représentant des masses, prestation de serment des nouveaux membres du parti. Discussion libre. Spectacle de variétés. Célébration sous diverses formes de l'immense contribution et des hauts faits du parti. Promotion sous diverses formes de l'image et des produits d'Atila. L'Association des souffleurs de verre s'était engagée à ce que l'événement fasse l'objet d'un reportage retransmis sur la chaîne de la municipalité, présentant sous un jour flatteur les principaux dirigeants de la partie française, et à ce que le temps de retransmission ne soit pas inférieur à deux minutes. L'information serait déroulée en continu sur les sites des journaux du matin, de midi et du soir. Le texte serait rédigé par la partie chinoise. Il devrait mentionner clairement les noms de la société française et de ses produits, assortis d'éloges appuyés. Budget : 50 000 yuans. 30 000 payés par l'Association des souffleurs de verre, 20 000 par Atila. L'Association des souffleurs de verre se chargerait de l'organisation de la réunion, de son contenu et des invitations lancées au comité municipal du parti (en veillant à ce qu'au moins un des délégués permanents soit présent), aux responsables des cinq principales directions de la municipalité et à diverses personnalités ; elle assurerait les relations avec les médias et l'accueil de leurs représentants. Atila assumerait tous les frais de bouche, divertissements et cadeaux afférents à l'événement.

Secrètement ravie de n'avoir à débourser que 20 000 yuans pour une affiche aussi prestigieuse et pour une opération publicitaire aussi grandiose, la société Atila accepta immédiatement le projet. Bian Rongda et son ancien condisciple signèrent au nom de leurs unités respectives un protocole de coopération et les 20 000 yuans d'Atila furent intégrés sans plus attendre dans les comptes de l'Association des souffleurs de verre. Bian Rongda ne voulait pas signer pour son unité car il savait qu'ils ne réussiraient pas à inviter de délégué permanent du comité municipal du parti et qu'il serait impossible d'obtenir la diffusion en continu de l'information par plusieurs organes de presse. Malheureusement, Yan Mingjia lui donna l'ordre de signer et ajouta en se frappant la poitrine qu'il se chargeait personnellement des invitations et de la communication avec les médias. Or, la veille du 1er Juillet, alors que tout était prêt, Yan Mingjia annonça subitement que la cellule du parti avait décidé collectivement d'adopter un programme plus novateur : l'Association des souffleurs de verre devait profiter de l'opportunité offerte par la commémoration du 1er Juillet pour se lancer à nouveau sur le chemin de la révolution ! Yan Mingjia avait signé avec le village de vacances du lac Hong[1], dépendant de

1. Dans la province du Hubei.

la société de produits alimentaires bio Ressac[1], un accord prévoyant de célébrer conjointement l'événement. Le 1er, Yan Mingjia et toute l'équipe de l'Association des souffleurs de verre prirent la direction du village de vacances, drapeaux rouges en tête. Juste avant de partir, Yan Mingjia envoya un fax laconique à la société Atila annonçant qu'en raison de dispositions prises par les instances supérieures, et à leur demande expresse, le symposium ne se tiendrait pas à l'endroit prévu mais dans l'ancienne zone révolutionnaire du lac Hong. L'Association des souffleurs de verre espérait que la société Atila se montrerait compréhensive, eu égard à la réalité chinoise et à la discipline de fer qui régnait à l'intérieur du parti communiste, et elle invitait les représentants de la société française à se rendre au lac Hong pour le symposium. La société Atila, bien entendu, vit rouge. Et bien sûr pas un seul de ses représentants ne se rendit au lac Hong. L'ancien condisciple de Bian Rongda déversa un tombereau d'injures au téléphone sur ce dernier, exigeant de lui le remboursement immédiat des frais engagés par Atila. Yan Mingjia se désintéressa complètement de l'incident. Il s'amusa comme un fou au lac Hong. Le seul moment qui ne lui coûta rien fut celui où il leva le poing pour accompagner la prestation de serment des nouveaux membres du parti, pour tout le reste il dépensa sans compter. Avec la fête nocturne, le feu de camp, la chasse aux canards sauvages, la cueillette des châtaignes d'eau, le banquet de poissons, le bain de pieds traditionnel dans l'ancienne zone révolutionnaire,

1. Ce nom est tiré de la chanson principale de l'opéra *Hong hu chi weidui (La Garde rouge du lac Hong)*, composé en 1959, adapté à l'écran en 1961.

etc., les 20 000 yuans de la société Atila furent engloutis jusqu'au dernier centime. Les gens d'Atila se présentèrent à plusieurs reprises pour réclamer leur argent et Yan Mingjia refusa de les recevoir. Tout cela avait conduit à l'incident brutal de la veille au soir : Bian Rongda agressé par des voyous dans une petite rue obscure et menacé de se faire amputer d'un bras. Quant à Yan Mingjia, non seulement il refusait de payer mais il jouait les provocateurs :

— Tu peux aller faire ton rapport à la commission de discipline ! Si tu crois que tu me fais peur !

Qu'est-ce que cela voulait dire ? Le pays était-il encore gouverné par le parti ? Comment Yan Mingjia pouvait-il se comporter comme un individu sans foi ni loi ? Bian Rongda était natif de Wuhan, il travaillait à Wuhan depuis près de vingt ans et avait déjà été en poste dans plusieurs unités. Aussi avait-il ses entrées à la commission de discipline. Quelqu'un qu'il connaissait bien s'approcha de lui, lui tapota l'épaule et lui sourit. Face au scepticisme de ses interlocuteurs, Bian Rongda commença à s'alarmer et se demanda soudain si on n'allait pas juger son comportement trop enfantin, trop impulsif. Le fonctionnaire qui le reçut lui dit sur un ton protocolaire :

— Comment ça ! Comment ça !

Au bout d'un moment, l'homme qu'il connaissait s'approcha à nouveau, lui tapota l'épaule et engagea la conversation :

— Tu étais au lac Hong ?

— Oui.

— Tu as cueilli des châtaignes d'eau ?

— Oui.

— Tu as chassé le canard sauvage ?

— Oui.

— Tu as participé au banquet de poissons ?

— Oui.
— Et le feu de camp ?
— J'y étais.
Bian Rongda s'empressa d'ajouter :
— Mais je ne suis pas allé au bain de pieds[1] ! Et je n'ai pas joué aux cartes !

L'homme rit à nouveau, lui tapota à nouveau l'épaule et s'éloigna. Les trois tapes sur l'épaule et les trois rires au contenu chaque fois différent donnèrent soudain à Bian Rongda l'impression qu'il comptait pour du beurre, que sa déposition était devenue insignifiante et ennuyeuse, et lui-même se sentit merdeux. Il n'aurait pas dû se rendre au lac Hong. Mais, en tant que directeur du bureau, il était responsable de l'organisation de l'événement. Comment aurait-il pu se défiler ? Par ailleurs, s'il n'y était pas allé, comment aurait-il pu savoir comment les choses s'étaient passées, et en rendre compte ? Bian Rongda serra le poing gauche et ne dit plus rien. Il baissa les yeux, parcourut rapidement le procès-verbal de sa déposition et, à contrecœur, y apposa sa signature.

Toutefois, Bian Rongda ne regrettait rien. Puisqu'il avait dit qu'il ferait une déposition, il ne pouvait pas se dérober. Un homme doit tenir parole. Quand la flèche est tirée, elle ne revient pas dans le carquois. Sans même parler des agapes, détourner 20 000 yuans payés par une entreprise à capitaux étrangers, c'était, quoi qu'on en pense, totalement contraire à la discipline du parti. Même si en apparence il s'en moquait, Yan Mingjia rendit rapidement l'argent. Son empressement à restituer ce qu'il devait fut un début de victoire pour Bian Rongda. La victoire totale eût été évidemment

1. Etablissement de bains, massages, etc., destiné à une clientèle masculine, très à la mode en Chine.

que Yan Mingjia fût démis de ses fonctions. Comme le dit maître Bian : “Il y a belle lurette qu'un mandarin corrompu comme Yan Mingjia aurait dû être dégommé et qu'un cadre avec un sens des responsabilités et une conscience professionnelle comme Bian Rongda aurait dû être promu.” Ce jugement paternel lui fit froncer les sourcils. En déposant une plainte contre Yan Mingjia, il n'avait réellement obéi à aucun motif personnel. L'interprétation simpliste de son père lui ouvrit les yeux et il commença à s'inquiéter, craignant qu'on ne se méprît sur ses motivations. Son dépôt de plainte avait été provoqué par Yan Mingjia. En y repensant, Bian Rongda se trouvait vraiment trop naïf. Il fallait absolument qu'il trouve une occasion de s'expliquer devant la commission de discipline. Maintenant, il avait tout son temps. Il réfléchit longuement pour mettre au point ses explications, en rédigea mentalement plusieurs versions et s'entraîna à les réciter. Puis il attendit impatiemment qu'une personne de la commission de discipline se présente. Ils allaient quand même bien venir faire une petite enquête…

Deux mois plus tard, Bian Rongda vit un beau jour arriver un groupe de gens tout à fait différents de ceux qu'il attendait. Il s'agissait de représentants du département de l'Organisation du comité municipal du parti, de la direction des Affaires civiles, de la direction de la Gestion des biens d'Etat, du bureau des personnels, du centre de réinsertion de la municipalité[1], du commissariat de police du quartier dont dépendait son unité et de diverses autres administrations. Il y avait

1. Service créé pour faire face à la multiplication des licenciements.

aussi quelques entreprises : l'usine X de verrerie, la société Y de produits artisanaux, etc. Même si Bian Rongda ignorait la raison de la venue de tous ces visiteurs, il dut cependant, à la demande de la cellule du parti, convoquer l'ensemble du personnel de l'Association des souffleurs de verre à une réunion importante. L'atmosphère était mystérieuse et tendue. Les discours qui furent prononcés étaient assez brumeux mais faisaient tous plus ou moins l'éloge de la réforme et de l'ouverture. Pour finir, un cadre chauve aux manières suaves arborant une mine tragique annonça qu'à son grand regret l'Association des souffleurs de verre était dissoute.

Yan Mingjia était assis sur son siège, l'air hébété, indifférent. Il ne regardait personne. Son avenir, c'était une mutation à l'Association des sciences. Visiblement, il s'en tirait à bon compte. Il semblait que l'adorable Wang Qi n'eût pas à se plaindre non plus. Elle rejoindrait la Société moderne d'artisanat du verre. Les employés âgés de moins de trente-cinq ans, titulaires d'un diplôme universitaire, en bonne santé, compétents dans leur spécialité et possédant déjà un logement en ville seraient accueillis dans une entreprise du secteur. Tous les bras cassés de plus de quarante ans seraient licenciés avec une indemnité de départ. Bian Rongda fut l'un des nombreux employés indemnisés. Heureusement, il avait le grade de chef de section et son indemnité était donc supérieure à celle des employés ordinaires. Ces derniers touchaient 800 yuans par année de travail alors que les fonctionnaires de son rang recevaient 1 200 yuans. Bian Rongda ayant dix-neuf ans d'ancienneté, il toucha donc une indemnité de

22 800 yuans. En outre, son dossier fut remis au centre de réinsertion de la municipalité. Dès lors, il ne fut plus obligé de pointer à heure fixe chaque jour, qu'il pleuve ou qu'il vente. Il n'eut plus besoin de se disputer avec Yan Mingjia. Et il eut encore moins à attendre la visite des gens de la commission de discipline.

Le jour de la dissolution de l'Association des souffleurs de verre, il ne restait que quatre jours avant l'anniversaire des quarante et un ans de Bian Rongda.

Pendant ces quatre jours, il ne laissa rien paraître de ses sentiments. Il continua à s'habiller tous les matins et à sortir de chez lui à heure fixe, comme s'il allait au bureau. Les deux premiers jours, il se rendit au bord du fleuve pour regarder couler l'eau. Il alla en aval du deuxième grand pont sur le Yangzi, très loin de la ville, là où se trouvait une sablière, avec ses tas de sable jaune qui attendaient, solitaires, qu'on les emporte. Devant le spectacle des herbes folles, des mouettes, des fleurs de pissenlit éparpillées par le vent, des cerfs-volants dont le fil s'était rompu, plantés dans la rive déserte comme des avions accidentés, on était gagné par l'émotion. Bian Rongda ne pensait à rien. Tantôt assis, tantôt couché, selon son gré, il était en jachère. Il se reposait. Après ce dénouement sans appel, Bian Rongda n'éprouvait pas de crainte. Il était seulement un peu désorienté, avec la sensation d'un grand vide. Le troisième jour, il ne se rendit pas au bord du fleuve. Il s'acheta une casquette de base-ball, baissa la visière et pénétra discrètement dans le centre de réinsertion et dans la Bourse aux talents. L'endroit était bondé. Le hall était imprégné de fortes odeurs corporelles. Tout le monde parlait, sans se soucier de son voisin, et le vacarme était tel que personne ne comprenait ce que disaient les autres. Bian Rongda fit un tour puis s'éclipsa. Le quatrième jour, Bian Rongda franchit silencieusement le cap de ses quarante et un ans.

Ici, une précision s'impose. A la maison, Bian Rongda ne célébrait jamais son anniversaire. Huang Xinlei, son épouse, se rappelait seulement la date de l'anniversaire de leur fils. "Silencieusement" s'entend par rapport à ce qui se passait à l'Association des souffleurs de verre. En tant que secrétaire général et directeur du bureau, Bian Rongda avait été contaminé au début de l'existence de l'Association par l'esprit collectiviste du bouillonnant secrétaire de cellule nommé à l'époque. Pris d'une inspiration subite, il avait instauré une règle sympathique selon laquelle un membre du syndicat serait chargé de tenir le registre des anniversaires des employés et, le jour dit, chacun recevrait un gâteau d'anniversaire dans une belle boîte et un bouquet de fleurs. Grâce à cette sollicitude de l'entreprise, nul ne risquait d'oublier la date de son propre anniversaire. Plusieurs personnes qui n'y pensaient plus avaient eu l'agréable surprise, en arrivant au travail, d'être fêtées par leurs collègues. A la pause de midi, le bureau retentissait soudain des éclats de rire des employés, l'heureux élu découpait son gâteau, tout le monde entonnait *Joyeux anniversaire*. On se disputait les parts de gâteau et chacun finissait le visage barbouillé de crème. Bref ! Inutile de ressasser le passé... Bian Rongda était un homme plein de ressources. Et si l'unité était devenue silencieuse, lui-même était encore capable de trouver le moyen de célébrer l'occasion.

Ce jour-là, Bian Rongda se rendit dans le plus grand Carrefour de la ville, un magasin appartenant à cette chaîne de supermarchés française implantée dans le monde entier, avec ses rayons à perte de vue, sa foule compacte et ses nombreuses animations promotionnelles. Dès qu'il entra, des jeunes femmes déguisées en Ouïgoures se mirent à chanter et à danser à son intention. Elles faisaient la promotion de raisins secs, de brochettes de mouton et autres produits du Xinjiang[1]. Un échantillonnage des produits, disposé dans de petites assiettes, invitait les clients à goûter. Face à ce joyeux déballage, Bian Rongda abandonna toute réserve et, sans la moindre honte, saisit une poignée de raisins secs en affichant un large sourire. Il alla s'acheter une bouteille de bière glacée et un demi-poulet rôti, entassa sur une assiette en carton un choix d'amuse-gueule offerts gratuitement, puis piqua dedans avec un cure-dent comme s'il jouait à la dînette. Installé depuis le matin à une table mise à la disposition des clients du supermarché pour se détendre, Bian Rongda levait régulièrement son verre à sa propre santé. Les visages souriants des jeunes Ouïgoures, ignorant la fatigue, ne cessaient de s'épanouir devant ses yeux. Les employées chargées du nettoyage venaient périodiquement nettoyer le sol sous ses pieds. Le McDonald's voisin fit retentir au moins dix fois son *Happy Birthday* pour des enfants qui fêtaient leur anniversaire : la musique ne connaît pas de frontières ! A l'extérieur, le soleil d'automne dardait ses rayons et les passants qui emplissaient les rues tentaient de se protéger de son éclat aveuglant. Il y eut une collision entre

1. Province du Nord-Ouest de la Chine peuplée d'Ouïgours, une population turcophone.

une moto et un cyclo-pousse et les deux conducteurs commencèrent à s'insulter. Au carrefour, le panneau lumineux réglant le passage des piétons était en panne et le petit bonshomme rouge et le vert clignotaient en même temps. Les piétons et les automobilistes s'immobilisaient brusquement puis, après une seconde d'hésitation, se ruaient en avant. La rue grouillait comme une fourmilière ébouillantée tandis qu'une agréable fraîcheur régnait à l'intérieur du Carrefour. Personne ne venait déranger Bian Rongda. Certes, il n'avait plus d'unité de travail. Mais quelle importance ? Bian Rongda n'avait-il pas réussi à trouver quand même ici une atmosphère de réjouissance collective ?

Malheureusement, la fête fut gâchée par l'intervention d'une préposée au nettoyage. C'était l'après-midi et Bian Rongda s'apprêtait à partir, quand l'employée s'approcha et se planta devant lui. Elle se pencha en laissant voir par l'échancrure de sa blouse blanche sale une partie de ses seins. Elle demanda furtivement :

— Alors mon grand, ça te dirait de t'amuser ?

Bian Rongda, surpris, resta un instant sans réaction puis demanda :

— S'amuser ? A quoi ?

La fille de service, s'enhardissant, reprit :

— Et toi… (Elle insistait sur le "toi".) Tu veux jouer à quoi ?

Bian Rongda comprit subitement sa bonne fortune. Le sang lui monta au visage et il ne sut plus où se mettre. Il regarda rapidement autour de lui, n'osant croire à ce qui lui arrivait.

Pensant que Bian Rongda s'inquiétait pour sa sécurité, la fille de service le rassura :

— Chez moi, c'est tout à fait sûr. Et pas cher : 2 yuans la passe, prix d'ami. Et si ça te plaît, on peut se revoir.

2 yuans, c'est-à-dire 20 pour les gens de Wuhan. 20 yuans la passe, était-ce si bon marché ? Bian Rongda pensa alors au lac Hong ; lors de la soirée au village de vacances, ses collègues masculins s'étaient vantés de pouvoir se payer une prostituée à 50 centimes la passe place de la Gare, tant le niveau de la consommation était bas à Wuhan. Bian Rongda n'était pas vraiment en train de comparer les prix. C'étaient des associations d'idées qui lui venaient malgré lui. En réalité, il était dans ses petits souliers, les poils hérissés, des gouttes de sueur perlant sur ses tempes et, aussi incroyable que cela paraisse, dégoulinant le long de ses joues.

Mais la fille de service, avec une perspicacité peu commune, capta l'hésitation de Bian Rongda :

— Allez, parlons franc. 1,50 yuan. Je peux pas faire mieux. C'est vraiment un cadeau. Quand tu auras pris ton pied, tu verras que je mens pas…

Bian Rongda était tout intimidé, non seulement intimidé mais indigné. Depuis quand avait-il l'air d'un débauché qui fréquente les filles de joie ! Depuis quand avait-il une tête à coucher avec ce genre de poules dévergondées à bon marché ! Mais si ce n'était pas le cas, pourquoi venait-elle le racoler ? Bian Rongda était consterné.

Il ferma résolument les yeux, tourna la tête d'un geste brusque et dit :

— Je vous demande de vous en aller !

Or la fille de service, au lieu de s'éloigner sans faire d'histoires, se sentit encore plus humiliée et indignée que lui. Elle se redressa, reboutonna son col, saisit le manche de sa vadrouille et en asséna plusieurs coups violents sur les pieds de Bian Rongda :

— Connard ! Si tu veux pas coucher avec moi, qu'est-ce que tu fous ici depuis ce matin à me mater ? Tu te prends pour un homme et tu veux même pas coucher ? Qu'est-ce que t'as dans le pantalon ? Casse-toi ! Plus vite tu seras parti, mieux je me porterai !

Bian Rongda, interdit, restait bouche bée. Une prostituée qui osait le frapper et l'insulter ! La fille de service, voyant qu'il ne bougeait toujours pas, fonça vers lui, balaya la table d'un revers de main et jeta toute la nourriture qu'il avait laissée dans la poubelle puis s'écria d'un air outragé :

— Je te préviens, camarade, ici c'est l'aire de repos du supermarché, mise à la disposition des clients qui font des achats. Ce n'est pas un bar ni une maison de thé où on peut s'installer pour la journée. Je te signale qu'il n'y en a pas dans tous les supermarchés. C'est un privilège offert aux clients chinois par Carrefour. Il faut savoir se tenir et ne pas essayer d'en profiter. De nos jours, il y a des Chinois qui sont tombés bien bas. On a honte pour vous quand on voit ça. Allez, ouste ! Fiche le camp !

Tous les regards des clients qui se trouvaient là convergèrent vers Bian Rongda. Un jeune vigile en uniforme qui faisait les cent pas à proximité s'approcha. Il n'était plus temps de s'expliquer. Bian Rongda se leva prestement et fila sans demander son reste.

Sur le chemin du retour, Bian Rongda ne cessait de remâcher l'humiliation qu'il venait de subir. Puis, revenant peu à peu à plus de lucidité, il réalisa que la fille de service était beaucoup plus intelligente que lui. Quand elle l'avait chassé du magasin, elle aurait pu, à première vue, se passer de tous ces grands discours. Mais en fait, non. Ces paroles avaient leur utilité : elle s'en était servie pour se protéger, en lui coupant l'herbe sous le pied. S'il avait vraiment porté plainte, on aurait cru qu'il était mécontent de la façon dont elle avait accompli son travail et qu'il se vengeait. C'est grâce à ce genre d'astuce qu'une fille de service, prostituée à ses heures, parvenait à survivre. Bian Rongda fut obligé de reconnaître qu'il avait trouvé plus fort que lui, et il fut vivement impressionné par cette leçon de sagesse. Ce fut le plus beau cadeau d'anniversaire de ses quarante et un ans.

Le cinquième jour, Bian Rongda décida de ne plus faire semblant. Si, confrontée à la réalité, une simple prostituée réussissait à rester lucide et à s'adapter au changement, pourquoi lui-même n'en serait-il pas capable ? Le chômage, c'est le chômage. La vérité finirait tôt ou tard par se savoir. Avant que le secret ne soit éventé, Bian Rongda devait au plus vite faire le point sur sa situation, sur lui-même et sur sa vie tout entière : où en était-il au juste ? Que ferait-il à l'avenir et que devait-il faire ? Avant les événements récents, Bian Rongda s'était toujours vu à travers les yeux des autres. Il avait adopté vis-à-vis de lui-même une pensée de masse. Désormais, il devait réfléchir et tout réexaminer de fond en comble. En fait, ce n'était pas si grave pour un homme que de se voir temporairement privé de travail. A condition d'avoir envers soi-même un minimum d'exigence. A savoir : vivre et mourir avec une conscience claire. Oui ! Telle était la position juste !

Au petit matin du cinquième jour, Huang Xinlei crut que son époux Bian Rongda était tombé malade. Il avait le teint cireux, le cheveu en bataille, la mine défaite. Une main sur le ventre, tenant son pantalon de l'autre, il sortit des toilettes en titubant, comme s'il manquait à chaque instant de trébucher, entravé par l'entrejambe de son pantalon. Son large pyjama – était-ce parce qu'avec le temps le tissu s'était distendu ou bien parce que Bian Rongda maigrissait de jour en jour ? – paraissait si flottant, si lâche que Bian Rongda avait l'air d'un porte-manteau en bois.

Avant de partir travailler, Huang Xinlei lui demanda :

— Tu veux que je t'emmène à l'hôpital ?

— Non.

— Tu veux que je téléphone à ton unité pour dire que tu es malade ?

— Non.

— Si tu ne téléphones pas à temps, Yan Mingjia va encore t'envoyer chercher.

— Tu plaisantes... Sans moi, la terre continuera de tourner.

— Qu'est-ce qui te prend ?

— Je suis un peu dérangé.

— On dirait que c'est ta cervelle qui est dérangée, à t'entendre me parler sur ce ton.

Bian Rongda leva les mains en l'air en signe de soumission. Huang Xinlei allait bientôt avoir ses règles. Elle avait le visage et les yeux gonflés. Un bouton rouge lui avait poussé sur le menton. Depuis quelques jours, elle était énervée, irascible et faisait des histoires pour un oui, pour un non. C'est ça les femmes... Pauvres femmes, qui n'ont pas le moindre sens de l'humour ! Bian Rongda ne répliqua pas. En tant qu'homme qui échappait à la contrainte des règles, Bian Rongda estimait qu'on ne saurait être trop indulgent à l'égard des femmes. En fin de compte, l'homme est régi par son cerveau, la femme par son utérus. Soyons clairs, il n'y avait pas chez Bian Rongda d'intention méprisante à l'égard de Huang Xinlei. Il décrivait seulement un phénomène physiologique objectif. En outre, il s'adressait à lui-même un reproche encore plus lucide : il était un homme ! Autrefois, en tant qu'homme, il croyait comprendre parfaitement les choses. En fait, non. Il croyait raisonner à la perfection. En fait, non. Le Bian Rongda d'autrefois était un homme qui avait la prétention ridicule de détenir la vérité. Il croyait tout maîtriser, alors qu'il en était loin. Dans le monde actuel, qu'est-ce qu'on maîtrise ? Parvenu à ce point de ses réflexions, Bian Rongda ressentit une douleur dans la poitrine et son cœur se mit à battre la chamade. Il frappa sa mince cage thoracique pour se calmer. Heureusement, il savait désormais d'où venait ce sentiment de panique. Tenant toujours son pantalon de pyjama, il alla se remettre au lit. Il s'allongea, recroquevillé comme une écrevisse décharnée. Dans le calme que procure l'absence de nécessité d'aller au travail, dans son lit tout en désordre, Bian Rongda commença à réfléchir véritablement à sa vie.

CHAPITRE I

DU PÈRE, DES LIENS DU SANG, DE LA CIREUSE DE CHAUSSURES

La ruelle des Vertus-Accumulées est une petite ruelle située derrière l'avenue Sun Yat-sen. En fait de petite ruelle, elle n'est pas si petite que ça. C'est une rue tortueuse, qui serpente jusqu'au fleuve. A une époque, la ruelle des Vertus-Accumulées paraissait éternelle. C'était la période qui avait couru entre les cinq ans et les vingt ans de Bian Rongda. Il y passait tous les jours dans un sens ou dans l'autre. Quelques femmes semblaient s'être figées à l'âge qu'elles avaient. Elles n'étaient ni jeunes ni vieilles. Elles sortaient faire leurs courses coiffées avec soin, ou bien s'asseyaient sur le pas de leur porte pour éplucher les légumes. Ou bien encore, armées d'un balai en rameaux de bambou, elles traçaient à la surface étroite de la rue des rayures serrées au dessin capricieux. La mousse recouvrait en permanence certaines portions de mur, passant du vert au jaune et du jaune au vert, selon les saisons. Les sentences parallèles de Nouvel An collées sur toutes les portes vieillissaient sous l'effet du vent et de la pluie d'été, puis retrouvaient leur jeunesse avec la neige du printemps suivant. En fait, de cinq à vingt ans, Bian Rongda avait détesté la ruelle des Vertus-Accumulées parce que c'était là qu'habitait sa famille et que son père, maître Bian, régnait sur elle en despote absolu. Mais, par la suite, petit à petit, lorsqu'il avait été obligé de revenir à plusieurs reprises à la ruelle des Vertus-Accumulées, les images de la simplicité et de la grâce d'autrefois avaient resurgi de sa mémoire. Etait-ce l'âge qui l'avait rendu plus sensible à l'évocation du passé ? Ou bien était-ce le contraste avec l'état de délabrement dans lequel la ruelle avait sombré ? Peut-être les deux à la fois ? Bian Rongda avait cru n'avoir gardé aucun bon souvenir de cette ruelle. Mais aujourd'hui, il se rendait compte que les sentiments ne sont pas aussi simples. Il aurait voulu qu'il en fût ainsi. Il aurait voulu que tout le passé lui revînt aujourd'hui à l'esprit sous un jour radieux, en particulier son père.

C'est pourquoi, en entrant dans la ruelle des Vertus-Accumulées, Bian Rongda eut même ce jour-là une sorte d'hallucination : son père bavardant calmement avec lui.

De très loin, il reconnut son père. Il le reconnut plus qu'il ne le vit. Ce fut une sensation, la sensation de proximité privilégiée qu'un fils peut éprouver à l'égard de son père. Maître Bian jouait aux cartes sur le seuil d'un magasin de location de DVD au fond de la ruelle. Ses compagnons de jeu étaient un groupe d'hommes de son âge. Maître Bian tournait le dos à l'entrée de la ruelle, il était voûté et il avait les cheveux tout blancs. Il ne cessait de cracher, soufflant avec force pour projeter ses crachats par terre avant de les écraser de la pointe du pied comme on écrase un insecte nuisible. Bian Rongda était quand même inquiet. Ne t'inquiète pas, se dit-il, ne t'inquiète pas, ne t'inquiète pas. Maître Bian était son père, et lui était le fils de maître Bian : la relation la plus naturelle et la plus normale qui soit au monde. Ne t'inquiète pas ! Bian Rongda serrait 6 000 yuans sous sa veste. C'était la première fois qu'il pénétrait dans la ruelle des Vertus-Accumulées en portant sur lui une aussi forte somme d'argent. L'argent, c'est toujours une chose importante – inutile de le nier. Bian Rongda était un adulte très mature. Il était venu pour aider son père et prendre des nouvelles de sa sœur cadette. Aujourd'hui, il voulait que son père écoute ce qu'il avait à dire ; qu'il écoute, rien de plus. Quoi qu'il arrive, Bian Rongda voulait mettre de l'ordre dans leurs relations. Le père et le fils devaient pouvoir se parler normalement. Bian Rongda n'avait plus d'unité de travail ; il n'avait plus d'emploi ; il traversait donc une grande épreuve. Il devait se débarrasser de tous ses soucis domestiques et repartir d'un pied léger. Repartir où ? Pour le moment, Bian Rongda n'en savait rien. Mais il savait déjà que, dans les circonstances où il se trouvait, il devait commencer par s'alléger psychologiquement.

C'est seulement quand il eut abattu sa dernière carte que maître Bian se retourna et jeta un regard à son fils :

— Ah, te voilà ? Pourtant je ne suis pas encore mort !

Maître Bian avait l'air froid, mécontent, austère. Or, juste avant, quand il jouait aux cartes avec ses compagnons, il parlait sur un tout autre ton : doux, détendu, voire chaleureux.

Les logements du personnel de la Librairie de la Chine nouvelle étaient situés dans un bâtiment de quatre étages. Au milieu des années 1960, on avait transformé un immeuble appartenant à une société occidentale[1] pour créer un ensemble résidentiel de style indéfini. Les escaliers étaient tortueux ; même en plein jour, la lumière n'y pénétrait pas ; et les rampes étaient couvertes d'une suie grasse qui les rendait inutilisables. En montant dans les étages, maître Bian se mit à tousser et à haleter. Il s'arrêtait toutes les trois marches pour souffler. Bian Rongda suivait derrière. Il savait que d'habitude, quand son père remontait chez lui, cela se passait différemment ; il aurait pu y aller d'une traite, les yeux fermés. Le père n'avait que soixante-six ans. Bian Rongda, qui portait sur le monde un regard neuf depuis qu'il avait franchi le cap des quarante et un ans, considérait qu'à soixante-six ans on était encore assez jeune. Maître Bian était conscient que son fils avait remarqué cette différence. Mais, quand son fils était derrière lui, la rancœur qu'il éprouvait à son égard faisait tout naturellement paraître l'ascension plus difficile. Maître Bian en avait vu, des hommes de son âge : eux aussi avaient élevé des enfants, mais aucun ne s'était dévoué corps et âme pour son fils comme il l'avait fait. Il lui avait servi de père et de mère. Pourtant, leurs fils à eux montraient plus de piété filiale que le sien. Sous les pas pesants du père et du fils, l'escalier semblait plus raide et plus long. Cette fois, l'idée de prendre son père par le bras traversa fugitivement l'esprit de Bian Rongda. Cependant, ce ne fut qu'une idée et rien de plus. Bian Rongda ne la mit pas en pratique, l'idée même le mettait mal à l'aise. Maître Bian, qui ne prêtait nulle attention à tout cela, affichait une attitude froide et hautaine.

1. Immeubles construits au début du XXe siècle par les entreprises européennes.

Ils atteignirent le deuxième étage. Un long couloir étroit. De chaque côté, des portes serrées les unes contre les autres. Le rire de Wanrong leur parvint. Au même instant, quelqu'un se mit à frapper avec allégresse sur la grille métallique anti-effraction. Papa ! Papa ! Grand frère ! Grand frère ! Grand frère ! Te voilà, grand frère ! Te voilà ! Autrefois, un médecin avait déclaré que Bian Wanrong souffrait seulement d'une forme d'obésité pathologique et que son QI n'était pas particulièrement bas. Mais elle parlait comme si elle avait bel et bien un QI peu élevé : de façon simplette, répétant plusieurs fois la même chose, tenant des propos incohérents, alternant les pleurs et les rires. Wanrong était devenue idiote à force de rester enfermée à la maison. Lorsqu'elle était bébé, elle était plus jolie et plus amusante que les autres petites filles. Elle ressemblait à ces figurines artisanales en argile représentant des bébés qui se portent bien. Beaucoup de gens l'adoraient. Elle était tout à fait charmante et savait comment s'adresser aux gens : aux hommes elle disait "tonton", aux femmes "tata" et à ses camarades d'école "grand frère" et "grande sœur". Elle menait une vie sans souci, pourvue de tout ce qu'un enfant peut désirer, jusqu'au jour où, l'année de ses dix ans, elle se fit violer. Cet après-midi-là, elle rentra à la maison le bas-ventre dégoulinant de sang, en pleurant et en criant, incapable cependant de raconter ce qui s'était passé exactement. Les cajoleries, les insultes, les coups de maître Bian : rien n'y fit. A compter de ce jour, Wanrong fut cloîtrée à la maison et ne fut plus jamais autorisée à sortir. Elle avait eu trente-cinq ans cette année, et était donc enfermée depuis vingt-cinq ans. Lorsque la mère de Wanrong, la belle-mère de Bian

Rongda – une femme de la ville qui lui adressait très rarement la parole –, quitta la maison, elle lui prit la main et le supplia :

— Rongda, tu es un bon garçon. Ta sœur a été frappée par le destin. Désormais, il n'y aura plus que toi pour veiller sur elle. Toute ta vie, tu devras la nourrir, comme un animal.

Sur le moment, Bian Rongda ne saisit pas exactement ce que sa belle-mère voulait dire. C'est par la suite qu'il comprit peu à peu le sens de ses paroles. Maintenant, il comprenait parfaitement. Aujourd'hui, sur les 6 000 yuans qu'il avait apportés, il y en avait 4 000 pour sa sœur. Une des raisons pour lesquelles Bian Rongda avait pris la ferme résolution de parler à son père aujourd'hui, c'était sa sœur. Il souhaitait que son père déposât la somme à la banque, au nom de Wanrong, afin qu'elle puisse en disposer un jour en cas de besoin.

Maître Bian sortit un gros trousseau de clefs de la poche de son pantalon, les tripota puis, tout en marmonnant, finit par trouver la bonne et ouvrit la grille métallique. Wanrong, qui se déplaçait en soufflant, versa un verre de thé à Bian Rongda. "Grand frère, grand frère", disait-elle. Elle souriait. L'appartement était un deux-pièces composé d'une chambre et d'un salon. Le genre d'appartement à l'ancienne où la cuisine et les lieux d'aisances sont minuscules. La moitié inférieure des murs était encore ce qu'on appelait un "mur hygiénique", laqué de vert. Mais ce mur prétendu hygiénique était depuis longtemps couvert de taches de toutes les couleurs et n'était plus hygiénique du tout. Les meubles étaient vieux, sales, dépareillés. Sur tous les tissus, les couleurs s'étaient mélangées et avaient perdu leur éclat. Au sol, les traces de crachats couvraient d'autres traces de crachats. Du seau hygiénique installé dans les toilettes émanait un puissant remugle de pisse. Au voisinage de la cuisine, l'air était imprégné de l'odeur aigre des légumes marinés. Maître Bian en mangeait à longueur d'année. Mais il avait interdit à quiconque de faire le ménage chez lui. Quand ils étaient fiancés, Huang Xinlei et Bian Rongda avaient une fois tout nettoyé de fond en comble en pensant lui faire plaisir. Résultat, maître Bian avait piqué une terrible colère : pour qui Huang Xinlei se prenait-elle ? L'appartement de maître Bian était-il trop sale à son goût ? On ne lui avait donc pas appris à respecter les affaires des gens ? Comment pouvait-elle se permettre de jeter des choses qu'elle trouvait trop vieilles ? Dans cette maison, tout ce qui appartenait à maître Bian – lunettes, gratte-dos, verres, cendrier, briquet, journaux, cartes – avait une place bien précise. Et maître Bian ne permettait à personne de les bouger. A peine était-il entré chez son père que Bian Rongda ressentit le poids de tous ces interdits. Il saisit négligemment le journal du soir et le reposa après y avoir jeté un rapide coup d'œil. Aussitôt maître Bian, agacé, s'empara du journal et le rangea là où il estimait qu'il devait être rangé. Heureusement, Wanrong continuait à crier à tort et à travers : "Grand frère ! Grand frère !", si bien que l'atmosphère de la maison paraissait un peu plus détendue. Bian Rongda regardait fréquemment vers sa sœur en hochant la tête afin de dissiper son malaise et sa gêne.

Maître Bian commença par allumer la télévision. Puis il s'assit, se martela les reins et dit :

— Je ne suis pas encore mort et ce n'est pas le Nouvel An ni un jour férié. Qu'est-ce qui me vaut ta visite ?

La question, purement vindicative, n'appelait pas de réponse. Naturellement, Bian Rongda resta coi. Il s'était préparé à rester doublement patient aujourd'hui. Maître Bian, qui avait encore des reproches à faire, ajouta :

— En venant tout seul comme ça, tu n'as pas peur que ta femme t'accuse de nous donner de l'argent en douce ?

Bian Rongda se força à rire.

Face à l'expression de son fils, maître Bian prit un air dédaigneux :

— Huang Xinlei te prend pour un gros richard ? Elle pense que tu as des paquets de billets de banque à donner à ton père pour lui montrer que tu es un bon fils ? Un tout petit cadre, qui travaille dans une unité où il n'y a rien à gratter, ça peut pas gagner grand-chose.

Bian Rongda se força encore à rire et fit une réponse laconique :

— Ce n'est pas exactement comme tu le dis.

Maître Bian flaira dans l'attitude de son fils un relent de résistance et d'autodéfense qui le mit en rage.

— Quoi ? C'est pas la vérité ? Tu as eu de l'avancement ? Tu as réussi à venir à bout de Yan Mingjia ? En ce moment, les prix n'augmentent pas tous les jours, peut-être ? Avec ma retraite pour nous nourrir, moi et ta sœur, tu t'imagines que c'est facile ? Hein ? Quand je sors pour jouer aux cartes, je n'ose plus miser gros. Tu crois que ça ne me fait pas honte ? De nos jours, même les plus pauvres, ceux qui ne touchent pas de retraite, il leur arrive de miser gros à l'occasion. Moi, je n'ose même plus. Eux, ils ont des enfants qui les respectent, qui leur donnent des liasses de billets pour les fêtes. Mais moi ? Un petit cadeau par-ci, une petite enveloppe par-là, jamais rien d'autre. Au fond, ça ne vaut vraiment pas la peine de vivre. Depuis que je suis gosse, j'ai fait des efforts, j'ai compris qu'il fallait créer un environnement favorable pour les générations futures. J'ai eu des enfants. J'ai sué sang et eau. Même dans le choix de vos prénoms, je n'ai rien fait à la légère, j'ai consulté je ne sais combien de bouquins. Résultat ? Dans quelle situation je me trouve maintenant ? Qu'est-ce que j'ai récolté ? Ce n'est pas la peine de piquer du nez. Regarde, à la télé, tous ces gens qui s'agitent ! Y en a-t-il seulement un qui soit moins bien habillé que ton père ? Hein ? Regarde le vieux Li... Tu sais, celui dont le fils était le plus mauvais de ta classe. Il a fait le chiffonnier la moitié de sa vie. Eh bien, tu sais ce qu'il porte, maintenant ? Du Lacoste ! Des vêtements de marque français, offerts par son fils. Pas plus tard qu'hier, le vieux Zhang, on était en train de jouer aux cartes, quand son portable sonne. Voilà-t-il pas que monsieur a un portable ! D'où est-ce qu'il le sort ? Un cadeau de ses enfants ! Moi, je me demande ce que j'ai fait au bon Dieu. Ma fille est un poids mort. Quant à mon fils, c'est un incapable ! En plus, pas le moindre respect pour son père. Il peut se passer deux mois sans que j'aie de ses nouvelles. Et quand il débarque, c'est pour faire une tête de six pieds de long. C'est à se demander si je réussirai à me sortir de là un jour...

Maître Bian avait vidé son sac d'une seule traite. Quand il eut fini, il poussa un long gémissement. Brusquement, il laissa tomber ses deux mains qui restèrent suspendues à ses genoux comme deux petits oiseaux morts. L'attitude de maître Bian exprimait toute la détresse de celui qui n'espère plus rien d'autrui et qui s'apitoie sur son propre sort. Figé dans cette posture, le regard haineux fixé dans le vide, maître Bian resta longtemps, longtemps silencieux. Dans un coin sombre de la pièce, la télévision émettait des sons sans rapport avec la situation.

Malgré tous ses efforts, Bian Rongda ne parvenait plus à rire. Il se sentait abattu, désemparé, oppressé et gêné. Plusieurs jours de réflexion, de résolutions, de conjectures et d'entraînement avaient foiré en une seconde. Il avait beau s'efforcer de remuer les lèvres, pas un mot n'en sortait. Finalement, il se résolut à serrer lentement le poing – il fallait qu'il fasse appel à sa main gauche. Soudain, il se souvint des billets de banque qu'il avait sur lui. Il les sortit en hâte et les posa sur la table. Wanrong s'écria joyeusement :

— De l'argent ! De l'argent ! Grand frère ! Grand frère ! De l'argent !

Maître Bian jeta un regard soupçonneux vers son fils et s'empara précipitamment des billets. Il les soupesa et rendit aussitôt son jugement :

— 6 000.

— De l'argent ! Grand frère ! De l'argent ! Grand frère !

Maître Bian tança sa fille :

— Tais-toi ! Et tu n'en parles à personne, surtout ! Ou je te coupe les jambes !

Wanrong se tut immédiatement mais, sans éprouver la moindre gêne, étouffa un rire dans sa main. Elle savait que l'argent est une bonne chose.

Maître Bian tira le rideau, ferma la porte, alluma la lampe et admonesta sa fille une fois de plus. Il tira une chaise vers lui, s'assit bien droit à côté de la table, posa un torchon mouillé à portée de sa main et commença à compter les billets. Il était encore plus expert qu'un employé de banque. On entendit un frou frou régulier et les billets furent comptés.

— C'est bien ce que je disais : 6 000 ! s'écria maître Bian triomphalement.

Bian Rongda ne réussissait pas à s'écarter de la voie fixée par le destin. Du père au fils courait un étroit chemin tracé par les liens du sang. Maître Bian considérait que si son fils, descendant de paysan, avait échappé à sa classe d'origine, c'est à lui qu'il le devait. En conséquence, son fils avait le devoir de poursuivre la lutte et de payer son père de retour.

Maître Bian était né dans un petit village du district de Huangpi, dans le Hubei. Dès son plus jeune âge, il avait manifesté un don hors du commun pour le calcul. A la morte-saison, il accompagnait son père qui allait vendre des petits poissons et des crevettes sur les marchés. Son père donnait le poids et aussitôt le jeune Bian annonçait le prix. Avec un boulier vivant aussi rapide et aussi précis, le père, qui était illettré, s'enhardit jusqu'à sortir de sa campagne pour aller vendre ses poissons et ses crevettes dans la ville de Wuhan. Un jour, un responsable des achats de la Librairie de la Chine nouvelle, dont la direction avait prévu d'offrir un repas de fête à ses employés, acheta aux Bian, père et fils, leur chargement complet de poissons et de crevettes. Conduits par le responsable des achats, le père et le fils Bian transportèrent directement leur marchandise à la cantine de la librairie. Mais le responsable des achats ne les paya pas sur-le-champ, expliquant qu'il était trop occupé, qu'il les paierait un peu plus tard et qu'ils ne devaient pas s'inquiéter. Il leur proposa de bonne foi et le plus aimablement du monde d'aller traîner en ville et de revenir l'après-midi chercher leur dû : "Dans une unité d'Etat, dans un pays dirigé par le parti, il n'est pas question de manger sans payer." Le père et le fils Bian, ravis de la bonne opération qu'ils venaient de réaliser, allèrent effectivement traîner en ville. Mais, dans l'euphorie, ils traînèrent trop longtemps et quand ils revinrent à la librairie, ils trouvèrent porte close. Le lendemain matin, le responsable des achats ne vint pas travailler – il était mort. Il paraît qu'en voulant franchir à toute force un passage à niveau, il avait été happé par la locomotive et avait été tué sur le coup.

Comme les poissons et les crevettes avaient été mangés, personne ne voulut croire le prix annoncé par maître Bian. Qui se serait fié à un petit paysan de quinze ans ? Incapable de retenir ses larmes, le père tira le fils par la manche, prêt à rentrer à la maison. Maître Bian se dégagea de la poigne de son père et déclara qu'il ne partirait pas ! Son père pouvait rentrer pour mettre la famille au courant mais lui était fermement décidé à rester à la librairie ! Le responsable des achats ne leur avait-il pas assuré que "dans une unité d'Etat, dans un pays dirigé par le parti, il n'est pas question de manger sans payer" ?

Maître Bian resta donc dans la librairie. Il ne pleura point, il ne fit pas d'esclandre, il ne cassa rien. Il se contenta de rester là. A l'heure de la fermeture du magasin, il agrippa un pied de table, refusant de sortir. Plusieurs vendeurs durent intervenir et, le tenant à bras-le-corps, l'obligèrent à lâcher prise puis le transportèrent comme un paquet jusqu'à la porte d'entrée. Cependant, le lendemain matin à la première heure, maître Bian se présenta à nouveau à la librairie. Pendant plusieurs jours, maître Bian, qui maigrissait à vue d'œil, se contenta de répéter ces deux mots : "Mon argent !" Il finit par s'armer d'un plumeau et commença à faire soigneusement le ménage dans la librairie. Un jour où, ayant à traiter une grosse commande, une des vendeuses qui faisait son calcul à l'abaque trouvait à chaque fois un résultat différent, maître Bian donna soudain le montant exact. Le bruit se répandit aussitôt parmi les vendeurs qu'il avait un don extraordinaire pour le calcul mental et, après avoir été mis de multiples fois à l'épreuve, maître Bian conquit l'affection des vendeurs. Les vendeuses, en particulier, le prirent en pitié. Elles l'entraînèrent aux bains publics pour le laver, le coiffèrent, lui donnèrent à manger des vermicelles au bœuf et lui trouvèrent de vieux vêtements propres à se mettre. Quand maître Bian réussit à s'arracher à la tendresse maternelle des vendeuses, on s'aperçut que c'était en fait un jeune garçon gracieux, simple et honnête. Quand son père le revit, il mit un long moment avant de le reconnaître.

La Librairie de la Chine nouvelle ne paya jamais ce qu'elle devait à la famille Bian, mais elle accepta à mots couverts de garder maître Bian. Toujours avec le soutien des vendeuses, qui s'entremirent activement, maître Bian fut envoyé par la librairie à l'école technique appartenant à son réseau interne pour suivre des cours de "formation culturelle". Il profita de l'aubaine et suscita bientôt l'admiration pour l'excellence de ses résultats. Si bien que, dès qu'il fut diplômé, la Librairie de la Chine nouvelle l'accueillit à bras ouverts.

Maître Bian fut embauché officiellement et devint un "glorieux employé" de la Librairie de la Chine nouvelle. Portant de fausses manches bleu foncé et armé d'un plumeau, il grimpait au sommet de l'échelle pour épousseter le haut des rayons. En même temps, il aidait les clients en calculant à toute vitesse le prix des livres qu'ils achetaient. Les vendeuses n'avaient plus besoin de se percher ni de s'exercer à compter avec l'abaque.

Cependant, maître Bian était toujours d'humeur sombre. La Librairie de la Chine nouvelle, vénérable unité d'Etat, n'en avait pas moins une dette envers la famille Bian pour le chargement de poissons et de crevettes non payé. Or, contre toute attente, depuis des années il ne s'était pas trouvé un seul directeur ou un seul employé animé du sens de la justice pour réparer ce tort. Aux yeux de maître Bian, cette attitude dénotait l'indifférence et le mépris des citadins à l'égard des gens de la campagne. A force de vivre en ville, maître Bian avait fini par découvrir le nœud du problème : la Librairie de la Chine nouvelle abritait certainement en son sein un personnage corrompu. Quand l'Etat achète quelque chose, il ne peut pas ne pas payer. Il y avait donc forcément quelqu'un qui s'était mis l'argent dans la poche. Maître Bian prit donc la résolution de ne pas lâcher cet individu malhonnête. Il menait son enquête discrètement, et chaque fois qu'un mouvement politique, grand ou petit, était lancé, il intervenait au moyen de dazibaos ou de lettres anonymes, afin de démasquer ceux qu'il considérait comme des éléments douteux. Par ailleurs, il gardait une dent contre la grande majorité des employées, car elles avaient abusé : en fait, elles le manipulaient en l'obligeant à travailler pour elles à vil prix. Quand il arriva en âge de se marier, elles s'offrirent les unes après les autres pour jouer les entremetteuses mais les filles qu'elles lui présentèrent étaient toutes des campagnardes. Pas une seule d'entre elles ne se serait proposée elle-même ou n'aurait proposé sa fille. C'est pourquoi, lorsqu'elles l'envoyaient à la cantine chercher leur repas, il se cachait souvent dans un coin de la cage d'escalier pour cracher dans leurs bols de riz. Maître Bian découvrit que les citadines partageaient les mêmes défauts : elles aimaient leur petit confort et détestaient l'effort, elles étaient prétentieuses et snobs ! La première épouse de maître Bian comme la seconde ne dérogèrent pas à la règle. Elles lui interdirent de parler en patois de Huangpi et l'obligèrent à apprendre le dialecte de Wuhan, qui lui écorchait les oreilles. L'une et l'autre étaient des citadines car maître Bian, qui ne doutait de rien, s'était juré en secret qu'il n'épouserait personne d'autre qu'une fille de la ville ! Toutefois, elles étaient comme les vendeuses de la Librairie de la Chine nouvelle : elles en avaient tous les travers, sans exception. Grâce au ciel, la mère de Bian Rongda mourut prématurément de maladie et la mère de Wanrong demanda le divorce. Elle avait donné le jour à une enfant atteinte d'obésité pathologique et refusait pourtant d'admettre sa responsabilité ! Le départ de ses deux épouses évita certes à maître Bian d'avoir à supporter toute sa vie les soucis et les complications qu'elles lui auraient causés, mais elles lui laissaient deux enfants en bas âge sur les bras ! Les femmes peuvent se soustraire à leurs obligations, les hommes non. Maître Bian était un homme, ces enfants étaient sa chair, son sang et l'assurance que sa lignée ne serait pas rompue. Il avait donc le devoir de les élever, il s'en sentait le courage et la capacité. Au cours des longues années où il s'était consacré à leur éducation, maître Bian s'était souvent serré la ceinture, se contentant pour tout repas d'un maigre brouet de céréales ordinaires afin que ses enfants puissent manger du beau riz blanc. Il ne voulut pas laisser à quiconque le soin de leur choisir un prénom. Même si leurs mères étaient des citadines cultivées, maître Bian ne les jugeait pas très compétentes dans ce domaine et n'était évidemment pas prêt à embrasser leurs idées superficielles. Au moment de la naissance de son fils, il travaillait comme vendeur au rayon des ouvrages anciens de littérature et d'histoire et, en feuilletant un livre, il était tombé sur le nom de Lin Zexu. Ce mandarin au service de la cour des Qing avait montré dès l'enfance une intelligence exceptionnelle. Après avoir été admis dans le corps des fonctionnaires, il avait connu une carrière différente de celle de la majorité de ses confrères. Doté d'une volonté inébranlable, d'une honnêteté et d'une probité sans faille, il était insensible aux flatteries et témoignait d'une grande hauteur de vues. On connaît la célèbre paire de sentences parallèles que Lin Zexu avait écrite pour s'encourager à la tâche : "La mer recueille des milliers de rivières, c'est sa tolérance – *rong* – qui fait sa grandeur – *da* ; la falaise se dresse haute de mille toises, c'est son absence de désir qui lui donne sa fermeté." Or, maître Bian avait toujours pensé que son caractère et son destin lui donnaient des points communs avec les gens qui dès l'enfance avaient fait montre d'une intelligence hors norme – à cela près, évidemment, que Lin Zexu avait eu beaucoup plus de chance que lui. Et c'est pourquoi il s'était inspiré des sentences de Lin Zexu pour prénommer son fils "Rongda".

La fille de maître Bian était certes une enfant atteinte d'obésité pathologique. Mais, aussi obèse fût-elle, elle était quand même la chair de sa chair, sa précieuse petite princesse. Et c'est ainsi que maître Bian lui donna pour prénom Wanrong, comme l'impératrice, épouse de Puyi, dernier empereur des Qing.

La vérité historique l'atteste, maître Bian, grâce à ses capacités, parvint au prix des pires efforts et des pires sacrifices à élever ses enfants. En outre, dès son plus jeune âge, son fils Bian Rongda avait été un élève modèle, encensé par tout le monde. Par la suite, il fut reçu à l'examen d'entrée à l'université et il fut remarqué par la "tante Chen", l'employée la plus influente de la Librairie de la Chine nouvelle, qui réussit à le mettre dans sa poche et à le marier à sa fille.

Et voilà comment un petit paysan de quinze ans, venu en ville avec sa palanche chargée de poissons et de crevettes, avait fini par prendre racine et prospérer dans une grande ville et par habiter ruelle des Vertus-Accumulées, non loin de la grande avenue Sun Yat-sen ! Il faut savoir en effet qu'au bout de cette ruelle se trouve le célèbre immeuble des Tabacs Nanyang. Quand, en 1926, le gouvernement nationaliste avait déplacé sa capitale de Nankin à Wuhan, ce bâtiment était devenu l'organe central du gouvernement. C'est là que Song Qingling[1], la "Mère de la Patrie",

1. Song Qingling (Soong Ch'ing-ling, 1893-1981), l'épouse de Sun Yat-sen, lequel est considéré en Chine comme le "Père de la Patrie".

avait travaillé et habité. Or, depuis des générations, les Bian avaient toujours été une famille de paysans illettrés, tirant leur subsistance du travail de la terre !

Bian Rongda n'avait jamais exprimé ouvertement ce qu'il pensait de l'histoire de cette réussite. Mais au fond de lui-même une chose était claire : son père avait beau habiter tout près de l'ancienne résidence de Mme Song Qingling, il resterait à jamais un paysan. Dans beaucoup de domaines, le point de vue, l'attitude et la façon de faire du père et du fils étaient inconciliables. *A fortiori*, il n'était pas question pour Bian Rongda d'imiter son père.

Alors comment devait-il s'y prendre pour réussir enfin "à poursuivre la lutte et à payer son père de retour" ? Toutes ses tentatives étaient vouées à l'échec, car maître Bian avait ses propres critères et ses propres exigences.

Bian Rongda regarda son père compter soigneusement les billets, puis les mettre sous clef dans un tiroir, il l'entendit lui dire avec un air de complicité et sur un ton affable dont il n'était pas coutumier : "Tu peux laisser l'argent ici en toute tranquillité, personne ne saura jamais que je détiens une somme pareille !" Son rêve de conversation à cœur ouvert s'était brisé en mille morceaux.

La façon dont le père et le fils se séparèrent cette fois-là fut fort comique. Sans doute parce que Bian Rongda lui avait donné 6 000 yuans d'un seul coup, maître Bian, se sentant un peu confus, voulut ne pas s'en tenir à des reproches et à des remarques méprisantes. Il choisit donc le sujet qui l'intéressait le plus : la politique.

— Sais-tu pourquoi le comité central du parti a décidé de tenir son XVIe congrès l'année prochaine ? demanda-t-il à son fils.

Bian Rongda secoua la tête. Il n'en savait rien. Et, à dire vrai, il n'avait pas envie de le savoir.

— J'ai compris pourquoi en me livrant à des recherches, poursuivit maître Bian, disons plutôt que j'ai réussi à percer le code : c'est parce que l'année prochaine nous serons en 2002. Et 2002 est un nombre très faste, qui dégage une impression d'équilibre absolu. Une année aussi équilibrée et stable que celle-ci, on n'en rencontre qu'une fois par siècle. Or actuellement en Chine rien ne compte plus que la stabilité. Que dis-tu de cela ?

— Ah oui, répondit Bian Rongda.

Grand frère ! Grand frère ! Wanrong s'était mise à crier tout en souriant d'un air béat, comme elle le faisait toujours. Et ce cri fit mal à Bian Rongda. Au moment de partir, il caressa doucement les cheveux de sa sœur.

Bian Rongda marcha jusqu'au bout de la ruelle des Vertus-Accumulées. Le ciel avait déjà pris une teinte crépusculaire. Bian Rongda avait les jambes un peu molles. Ne voulant pas laisser passer l'occasion de se faire un client, une cireuse s'approcha pour proposer ses services. Monsieur, je vous cire les chaussures ? 10 centimes. Après un vague coup d'œil en direction de Bian Rongda, la cireuse glissa un tabouret derrière lui. Asseyez-vous, grand frère. Asseyez-vous donc, vous déciderez après. Bian Rongda s'assit, alluma une cigarette et étendit ses jambes. Au départ, il n'avait pas l'intention de se faire cirer les chaussures mais désormais refuser aurait été gênant.

C'est en s'asseyant au bout de la ruelle qu'il mit soudain un nom sur ce qu'il ressentait : il avait les jambes en coton. En fait, il avait envie de s'attarder un peu dans le voisinage de la ruelle des Vertus-Accumulées. Il aurait voulu que surgisse à nouveau devant ses yeux le spectacle de la ruelle d'autrefois. Ou plutôt en restant ainsi au coin de l'avenue à attendre, sans autre justification, il avait envie de ne penser à rien. En somme, Bian Rongda était incapable de rentrer immédiatement à la maison et de se retrouver avec son épouse, Huang Xinlei, à se regarder dans le blanc des yeux. Il n'avait rien de particulier contre elle mais à ce moment-là il ne pensait qu'à lui-même. Les hommes sont des animaux solitaires, qui souvent préfèrent traîner seuls. Même sur une grande avenue, ils en éprouvent le besoin. Se faire cirer les chaussures est une manière pour un homme d'âge mûr de traîner, seul, sur une grande avenue.

— Prenez votre temps, dit Bian Rongda à la cireuse de chaussures. Continuez un peu et je vous donnerai 50 centimes.

Les néons de l'avenue Sun Yat-sen s'allumèrent les uns après les autres, créant soudain une impression générale de luxe et de frivolité. Les lumières sont vraiment une chose prodigieuse, elles ont plus que toute autre le pouvoir de maquiller la réalité. Les réverbères blafards et déficients de la ruelle des Vertus-Accumulées ne semblaient être là que pour faire ressortir les éclairages roses éblouissants des salons de coiffure. Des vitrines du sex-shop coincé entre les salons de coiffure émanait une lumière d'un vert obscur qui produisait un effet à la fois évocateur et fantomatique. Derrière Bian Rongda, il y avait une grande corbeille à détritus au-dessus de laquelle était accroché un distributeur automatique de préservatifs à pièces. Sur l'appareil était écrit en gros caractères rouges : "Pour votre santé et celle d'autrui, utilisez des préservatifs." A l'aide d'un feutre de couleur, quelqu'un avait modifié la phrase qui était devenue : "Pour la santé des prostituées et des clients, utilisez un préservatif." Masqué par la poubelle, un homme était en train d'uriner avec un "psss" sonore : il s'en donnait à cœur joie. Bian Rongda se tourna pour jeter un coup d'œil. Le corps de l'homme, qui lui tournait le dos, était secoué d'un léger tremblement, provoqué par le plaisir de se vider la vessie. Dans la vie, il suffit de réussir à faire ce qu'on a envie de faire pour éprouver du plaisir. Hélas, ce n'est pas donné à tout le monde. Il y a aussi des gens qui, même en faisant ce qu'ils ont envie de faire, ne parviennent pas à en tirer du plaisir. Et, pire encore, certains sont incapables d'exprimer le plaisir qu'ils éprouvent. Bordel de merde !

Bian Rongda, qui avait laissé son esprit divaguer et son regard flotter, se ressaisit. Il baissa les yeux et s'aperçut que ses souliers étaient resplendissants ! En les astiquant énergiquement, la cireuse avait transformé en miroirs ses vieilles chaussures toutes poussiéreuses. Soudain, il risqua une plaisanterie :

— Ben dites donc, c'est des chaussures en cristal que vous m'avez faites là. Je ne vais plus oser poser le pied par terre. Vous voulez que je marche en portant mes pieds à la main ?

La cireuse sourit jusqu'aux oreilles.

— Merci, monsieur. Mais vous m'avez donné beaucoup, aussi.

La cireuse avait les dents très blanches, peut-être à cause de son teint foncé. C'était une robuste paysanne. Sur les joues, elle avait deux coups de soleil, couleur de rouille. Son visage souriant était empreint d'une naïveté charmante. Elle avait des traits réguliers, une poitrine rebondie. Du fait de la générosité de Bian Rongda, ses yeux rayonnaient d'un contentement dénué de toute méfiance. Bian Rongda eut soudain un vif désir de bavarder avec elle. Depuis que l'Association des souffleurs de verre avait été dissoute, il n'avait pas éprouvé le moindre désir d'engager la conversation avec quelqu'un. Mais ce jour-là, il fut brusquement saisi d'une envie compulsive de parler ! Et son interlocutrice était une cireuse de chaussures inconnue.

— Si c'est comme ça, il va falloir que je revienne vous trouver.

— Alors, à votre bon cœur, monsieur, répondit-elle avec un sourire réjoui. Je travaille toujours dans le quartier.

— Et vos rizières ?

— Ben, elles restent en friche. On n'arrive plus à les cultiver de nos jours. Plus on travaille, plus on se ruine. Maintenant les semences, les engrais, les insecticides, ça coûte les yeux de la tête. Sans parler des contrefaçons. Plus les impôts qui nous saignent à blanc. Il y a que les idiots qui restent à la campagne cultiver la terre.

Apparemment, la cireuse de chaussures avait envie de parler elle aussi. Ça tombait bien.

— La vie est plus facile en ville ? demanda-t-il.

— Non, répondit-elle avec entrain. On se fait souvent arnaquer. Mais c'est quand même mieux que de cultiver la terre. Moi, par exemple, je ne sors travailler que l'après-midi. Je ne me fais plus griller par le soleil. Je ne gagne peut-être pas beaucoup, mais ce que je gagne, c'est pour moi. Et ça c'est bien !

Bian Rongda pensa à son père, à la haine que son père éprouvait pour les femmes de la ville, et s'enquit :

— Et vous supportez de vous laisser maltraiter par les gens de la ville ?

— Allons, grand frère ! Pour gagner de l'argent, il faut toujours une mise de départ. Parce que, d'après vous, on pourrait gagner de l'argent sans se faire malmener. Mais ce serait le communisme !

Bian Rongda éclata de rire malgré lui. Puis il se rendit compte qu'il avait ri et en fut tout content. Il était au bout de la ruelle des Vertus-Accumulées, à deux pas de chez son père, et il riait à gorge déployée. Alors que son père, lui, l'avait étouffé pendant un après-midi entier, que dis-je ? la moitié d'une vie ! Parvenu à la moitié de sa vie, Bian Rongda n'avait jamais ri d'aussi bon cœur. Il avait suffi pour l'en empêcher que son père fût à proximité.

La cireuse de chaussures s'était mise de la partie. Mais, tout en riant, elle ne cessait de promener son regard sur les enfants qui entraient dans le McDonald's et en sortaient, embrassant ce spectacle avec une expression d'envie.

Bian Rongda capta le désir de la jeune femme. Il brûlait de savoir ce qu'elle pensait, ayant vu lui-même, cet après-midi-là, ses beaux projets cruellement anéantis par son père. Pourquoi les êtres humains ne réussissent-ils pas à communiquer entre eux pour avoir une vie meilleure ? Bian Rongda reprit :

— Vous êtes mariée ?

— Oui.

— Vous avez des enfants ?

— Oui.

— Garçons ou filles ? Ils ont quel âge ?

— L'aînée, c'est une fille. Le deuxième, un garçon. Il a eu six ans cette année.

— Ils veulent manger au McDo ?

— Bien sûr. Ils nous cassent les pieds avec ça. Pourtant, ce n'est jamais que deux tranches de pain et un morceau de viande. On se demande vraiment pourquoi les gosses en meurent d'envie !

— Vous les y avez emmenés ?

Un instant, la cireuse de chaussures laissa paraître la vraie tristesse qui l'habitait. Ses dents blanches qui étincelaient à la lumière des néons disparurent. Elle demanda humblement :

— Ça ne vous ennuie pas de m'entendre jacasser comme ça, j'espère ?

— Pas du tout ! Pas du tout ! Ça me fait plaisir de vous écouter, répondit Bian Rongda, dans un élan de compassion.

La jeune femme regarda Bian Rongda avec gratitude, puis tourna la tête vers l'immense M accrocheur du McDonald's :

— Je déteste cette enseigne ! Elle attire trop les enfants ! Et vous savez, ce qu'ils vendent là-dedans est tellement cher. C'est pas nous qui pourrions payer ça. Je suis à Wuhan depuis quatre ans et ma gamine n'y est jamais allée une seule fois. Cette année mon fils a fêté ses six ans. Je lui ai rapporté un hamburger. Mais c'est une tête de mule. Il a jeté le hamburger en disant que je ne devais pas le lui rapporter, qu'il voulait le manger sur place, et qu'il voulait aussi des frites et un Coca-Cola. Pourtant, c'est jamais qu'un verre d'eau sucrée et des patates, non ? Mais c'est tellement cher ! Ah, les Américains savent vraiment y faire. Ce que j'arrive pas à comprendre, c'est comment vous autres, les gens de la ville, vous pouvez être aussi bêtes ! C'est pourtant simple de mettre McDonald's en faillite : il suffirait que tout le monde cesse d'y aller. Et qu'on fabrique nous-mêmes ce qu'ils nous vendent. Chez nous, c'est pas le blé et les pommes de terre qui manquent. L'eau non plus. Et l'on sait élever les poulets et les bœufs ! C'est vexant, tout de même !

Ça, ma petite, je ne te le fais pas dire ! pensa Bian Rongda.

Cédant à un brusque accès de générosité, il voulut absolument faire une bonne action, et se consoler lui-même en consolant quelqu'un. Il sortit de sa poche 35 yuans et les tendit à la cireuse de chaussures :

— Il y a assez pour deux menus. Comme ça, vous pourrez au moins emmener vos deux enfants une fois.

La cireuse de chaussures fut prise de panique. Serrant les billets dans sa main, elle aurait voulu les refuser, mais ne parvenait pas à les lâcher.

— Monsieur, vous voulez encore un autre service ? demanda-t-elle.

— Non ! La réponse de Bian Rongda était franche et nette : Je veux juste que vous emmeniez vos enfants au McDo. Moi aussi j'ai un enfant. Je souhaite que les vôtres aient eu au moins une fois dans leur enfance l'occasion de satisfaire une de leurs envies.

Patatras ! La cireuse de chaussures tomba à genoux puis releva la tête et se mit à pleurer à chaudes larmes.

Bian Rongda l'arrêta aussitôt, et elle-même eut tôt fait de se ressaisir. Des passants, interloqués, les observèrent un moment puis, ne voyant rien d'étrange, s'éloignèrent. La cireuse de chaussures jura ses grands dieux que : *primo*, elle utiliserait bien cet argent pour emmener ses enfants au McDonald's ; *secundo*, la prochaine fois qu'elle tomberait sur Bian Rongda, elle lui cirerait les chaussures gratis ; et, *tertio*, son mari était maçon, mais en ce moment il fabriquait des cartes, et ils étaient prêts à fournir à Bian Rongda, à prix coûtant, toutes les cartes “officielles” dont il pourrait avoir besoin.

La conversation dévia sur ce sujet.

— Des cartes, comment ça ? demanda Bian Rongda, dont la curiosité avait été piquée au vif.

Il se rendait compte que la jeune femme l'entraînait au cœur de la ville, dans ces bas-fonds véritables où il n'y a pas de réverbères. Elle lui parlait maintenant en toute confiance.

— N'importe quelle carte, y peut vous la faire, mon mari. Et elle marchera exactement comme une vraie. Vous comprenez, avec la réforme et l'ouverture, le gouvernement demande à tout le monde de se débrouiller par ses propres moyens, mais ils ne nous donnent pas de cartes. Ils ont trop à faire. Ils arrivent pas à s'en occuper. Alors on leur donne un petit coup de main, hein… Croyez-moi, en faisant ce travail, on rend service à tout le monde, on fait une bonne action, sinon, vous croyez que j'aurais encore eu un fils[1] ? Vous, par exemple, vous êtes trop gentil, vous risquez de vous faire avoir par tout le monde. Moi, à votre place, je prendrais mes précautions et je me ferais faire quelques cartes en douce. Le moment venu, ça peut toujours être utile.

— Et, d'après vous, qu'est-ce que je devrais me faire faire comme cartes ?

1. Elle considère ce privilège comme une récompense du ciel.

La cireuse de chaussures sourit, l'air gênée, et ses dents blanches étincelèrent à nouveau, ce qui ne l'empêcha pas de répondre sérieusement à la question de Bian Rongda. Elle lui conseilla de se faire faire une carte d'identité, un certificat de fin d'études, soit de l'université Qinghua, soit de l'université de Pékin, au moins comme étudiant de troisième cycle. Son mari saurait tenir compte de son âge et lui mettre une date de diplôme de fin d'études assez reculée, qui ne serait pas répertoriée dans les fichiers informatisés. Comme ça, personne ne pourrait vérifier. Mi-déférente, mi-moqueuse, elle ajouta :

— A mon avis, vous devriez vous faire faire un doctorat. Vu la façon dont vous vous exprimez, vos bonnes manières, on vous donne un doctorat au premier coup d'œil.

— Allons ! protesta Bian Rongda qui partit à nouveau d'un grand éclat de rire.

La cireuse de chaussures riait elle aussi.

— A part ça, on peut aussi faire des certificats de mariage, des certificats de divorce. Vous n'avez qu'à choisir, selon vos besoins.

Il ne put se retenir de rire à nouveau. A l'évidence, la cireuse de chaussures ne manquait pas d'humour.

Bien. On avait assez parlé. Chacun savait à quoi s'en tenir sur l'autre. Bian Rongda se leva et paya la cireuse de chaussures. Celle-ci fit mine de refuser, mais empocha tout de même l'argent. Elle sortit une carte de visite de sa ceinture et la lui tendit. Sur la carte figurait le numéro de bipeur de son mari. Ils hochèrent l'un et l'autre la tête pour se dire au revoir. La cireuse de chaussures saisit sa caisse de cirage et, longeant les murs, les yeux baissés, elle s'éloigna.

Bian Rongda monta en hâte dans l'autobus pour rentrer à la maison. Il s'assit tranquillement, l'esprit en repos, en harmonie avec les autres voyageurs. Il régnait entre tous les passagers une étrange complicité, comme si chacun partageait provisoirement les joies et les peines de son prochain. Et Bian Rongda puisait dans cette solidarité un sentiment de chaleur et de sécurité. La nervosité et l'inquiétude qu'il ressentait avant d'arriver dans la ruelle des Vertus-Accumulées avaient disparu. Son père était loin, lui aussi. En fait, c'était merveilleux de rencontrer des inconnus et de parler avec eux ! La cireuse de chaussures avait beau être une paysanne plutôt inculte, elle possédait une sensibilité et une force d'expression intactes, et elle avait su conserver en elle des vérités toutes simples. En outre, c'était une vraie femme. Et les vraies femmes comprennent de manière innée leur relation et leur place vis-à-vis des hommes. Elle savait d'instinct choisir sa place en fonction de son interlocuteur, elle était comme Ronaldo qui, au moment où le ballon vole devant lui, bondit comme un lièvre pour se retrouver dans la meilleure position, celle qui lui permettra de tirer au but. Souvent, les gens n'ont pas encore eu le temps de comprendre ce qu'il voulait faire que déjà le coup part, car son talent est inné : il n'agit pas selon des règles apprises d'un entraîneur, et, sur le plan théorique, son art du placement reste peut-être encore à écrire. Or, de même que les stars du football sont des perles rares, les femmes nature sont elles aussi des exceptions. La très grande majorité des femmes sont le produit d'une éducation, d'une formation et d'une culture. Elles se contentent de comprendre les grands principes et les grandes règles. Les femmes nature, elles, sont des diablesses ; elles se cachent sous les apparences et les identités les plus diverses. Les rencontrer ne pouvait être que le fruit du hasard. Tomber ne serait-ce qu'une fois sur l'une d'entre elles, c'était déjà un grand bonheur, comme celui que Bian Rongda venait de goûter. La journée qui s'annonçait si pesante s'était achevée dans la gaieté et l'insouciance, et c'est à la cireuse de chaussures qu'il en était redevable. Cela faisait si longtemps que Bian Rongda se taisait, si longtemps qu'il n'avait pas eu une conversation détendue avec quelqu'un !

Pour finir, Bian Rongda avait encore compris une chose : les liens du sang auxquels il avait toujours attaché beaucoup d'importance n'étaient en fait qu'un simple lien permettant la perpétuation de l'espèce. Les liens en ligne directe avaient des implications auxquelles on ne pouvait se dérober ; ils créaient des devoirs et des responsabilités. Cependant, on pouvait être parents et ne pas être proches. Entre Bian Rongda et maître Bian, il n'y avait aucune relation d'intimité, vraiment aucune – inutile de s'abuser et d'abuser les autres là-dessus. Les gens proches ne sont pas forcément ceux auxquels on est uni par les liens du sang. Les proches, ce sont ceux avec qui l'on est en confiance, avec qui l'on se sent lié comme les doigts de la main. Ceux avec qui on agit par amour, et non par sens du devoir ou des responsabilités ! Bian Rongda, lui, n'avait pas de proches. Il avait encore toute sa famille et ils menaient une vie assez aisée, mais c'était comme s'ils étaient à cent lieues de lui. Son fils était encore petit – il n'avait que dix ans. Impossible de savoir ce qu'il deviendrait plus tard. Mais il était déjà très égocentrique. Bian Rongda ne lui demandait pas de devenir un proche – demander quelque chose aux autres, c'est leur causer du tracas. Il fallait que les choses se fassent naturellement.

Le bus allait arriver à destination. A bord de ce véhicule qui roulait dans la nuit, Bian Rongda affrontait enfin le grave problème qu'il avait éludé jusqu'alors. Brusquement débarrassé du poids qui lui pesait sur le cœur, il se sentait plus léger. Par la fenêtre ouverte de l'autobus, le vent glacial de l'automne fouettait son visage, qui se crispait sous la morsure du froid. Une barbe livide lui avait poussé subrepticement. Bian Rongda avait quarante et un ans. A son âge, un homme devait être déterminé, calme et posé. Bian Rongda pouvait rentrer à la maison maintenant. Une fois rentré, il parlerait de la pluie et du beau temps avec Huang Xinlei, son épouse, et il aiderait son fils à réviser ses leçons. Bref, il ferait ce qu'il avait à faire. Un homme digne de ce nom devait être capable de faire face à toutes les situations.

CHAPITRE II

DE HUANG XINLEI, DU MARIAGE, DE SOI-MÊME

L'étude des pictogrammes chinois réserve des surprises intéressantes. A l'époque où Bian Rongda travaillait à l'Association des souffleurs de verre, il disposait de pas mal de temps pour étudier les caractères. Par exemple, 聞 *wen*, qui signifie "entendre", représente une oreille 耳 tendue entre les deux battants d'une porte 門. Autrement dit, dès l'époque de la création des caractères, les gens avaient l'habitude de tendre l'oreille par une porte entrebâillée. C'est la preuve que les Chinois adorent espionner les autres, et que ce défaut est attesté depuis les temps les plus reculés. Autre exemple : un homme 人 qui a perdu sa liberté, c'est-à-dire dont l'espace vital a été réduit à l'extrême, donne le caractère 囚 *qiu*, qui signifie "prisonnier". Dans les deux caractères 婚姻 *hun yin*, mariage, 婚 *hun*, c'est avoir l'esprit troublé 昏 en compagnie d'une femme 女. Quant à 姻 *yin*, cela représente un homme adulte 大人 dont la liberté est totalement encadrée par une femme. Et quand on cherche à expliquer le mot, on voit qu'il évoque un homme qui, avant d'avoir compris ce qui lui arrive, se retrouve avec une femme. Les Chinois de l'Antiquité, avec leurs "trois épouses et quatre concubines", avaient semble-t-il une vie conjugale plutôt libre et débridée. De plus, à la première cause de mécontentement, un homme pouvait écrire une lettre pour répudier son épouse, et celle-ci dès qu'elle l'avait reçue était obligée de partir, sans autre forme de procès. Qu'est-ce que les anciens voulaient de plus ? Comment en vinrent-ils à forger les deux caractères *hun* et *yin* ? Et que diraient-ils aujourd'hui ? D'ailleurs, la nouvelle loi sur le mariage récemment promulguée[1] a poussé jusqu'à l'incohérence sa volonté de réduire encore plus sévèrement l'espace individuel. Le texte stipule en effet qu'"il est interdit aux personnes ayant un conjoint de loger avec une autre personne". A l'Association des souffleurs de verre, les efforts pour mettre en pratique la nouvelle loi se soldèrent par une augmentation spectaculaire des frais de logement des personnels en mission, car tout le monde bénéficiait désormais d'une chambre individuelle. Il était bien "interdit aux personnes ayant un conjoint de loger avec une autre personne", non ? Ainsi, que les finances publiques le permettent ou non, plus personne ne devait se mettre en infraction avec la loi, quitte à sombrer dans le ridicule !

En toute bonne foi, Bian Rongda n'avait pas de raisons de principe d'être insatisfait de son mariage. D'ailleurs, il aurait été malvenu de s'en plaindre, car c'était lui-même qui s'était fourré dans ce pétrin. Sauf que Bian Rongda s'étonnait : comment avait-il pu en arriver là ? Un homme majeur et vacciné, quand il entreprend quoi que ce soit, a l'impression de savoir ce qu'il fait. Pourquoi, dès qu'il s'agit du mariage, doit-il attendre des années, une dizaine d'années, voire plusieurs dizaines d'années, avant d'y voir clair ? Et lorsqu'il

1. En avril 2001.

finit par y voir clair, sa vie touche déjà à son terme. En utilisant les deux caractères *hun* et *yin*, peut-être les anciens voulaient-ils exprimer cette peine secrète, cette douleur intime des hommes. Même s'ils avaient "trois épouses et quatre concubines", même s'ils pouvaient écrire autant de lettres de répudiation qu'ils le voulaient, la claire conscience de leur situation venait toujours trop tard et rien ne pouvait leur rendre toutes ces années de vie perdues.

Le mariage de Bian Rongda était le fruit de ses incisives. Une de ses incisives, au lieu de rester alignée sur l'autre comme il faut, avait poussé de travers et essayait de recouvrir sa voisine. Bian Rongda avait douze ans, l'âge du passage de l'enfance à l'adolescence, et il n'était pas question pour maître Bian de laisser cette dent pousser comme elle l'entendait. Son fils n'était plus un paysan. Il devait être un petit citadin aux traits réguliers, pareil aux images de Nouvel An que maître Bian collait sur les murs de la maison, et qui représentaient des héros d'opéras modèles révolutionnaires comme Yang Zirong, Shao Jianbo, Guo Jianguang et Li Yuhe[1]. Maître Bian conduisit donc son fils à l'hôpital pour le faire examiner dans un service d'orthodontie. Mais le médecin ne lui donna pas raison : il lui déclara que chez les enfants, c'était un phénomène tout à fait courant dont il n'y avait pas lieu de

1. Personnages des opéras révolutionnaires imposés par Jiang Qing pendant la Révolution culturelle – *Le Fanal rouge*, *Shajiabang* et *La Montagne du Tigre prise d'assaut* –, prolétaires militants devenus des héros de la guerre révolutionnaire.

s'inquiéter, qu'on pouvait attendre pour aviser, qu'on verrait alors si l'on pouvait arracher cette dent de façon à s'assurer que l'ensemble de la denture fût bien régulier. Si malgré tout le chef de famille tenait absolument à redresser la dent, le médecin se devait d'attirer son attention sur les points suivants : *primo*, le coût de l'intervention serait assez élevé ; *secundo*, la ville de Wuhan n'était pas encore équipée pour ce type d'opération et il faudrait se rendre dans un hôpital spécialisé de Shanghai ; *tertio*, le voyage Wuhan-Shanghai aller-retour, l'hébergement, la nourriture et les soins coûteraient assez cher. Maître Bian était effondré.

La mine décomposée, il ramena son fils à la maison. Puis il décida de faire le travail lui-même avec les moyens du bord. Il préleva sur un fil électrique semi-conducteur le brin de cuivre le plus fin qu'il put trouver et s'en servit pour redresser l'incisive de son fils. Il commença par attacher le garçon sur une chaise car il n'avait pas d'anesthésique. Il introduisit le fil de cuivre dans l'intervalle entre les deux dents, le noua autour de la dent mal placée et serra fort, puis il le passa dans l'intervalle entre deux dents voisines, le noua à nouveau autour d'une dent et serra encore. Il comptait ainsi utiliser la force de toute la rangée de dents normales pour ramener l'incisive de travers dans une position correcte. Ce qui paraissait facile en théorie était en pratique extrêmement difficile. L'opération dura plusieurs heures. On aurait dit un combat corps à corps entre le père et le fils. Malgré le froid de l'hiver, maître Bian transpirait sous l'effort, et les vêtements de Bian Rongda, naturellement, étaient trempés eux aussi. Il avait les lèvres fendues des deux côtés et des gouttes de sang et de salive dégoulinaient de son menton. C'est alors qu'il repensa au personnage de Jiang Jie qu'il avait étudié en classe. Et c'est en pensant à elle sans relâche qu'il parvint à se retenir de pleurer et de crier.

Dans l'ensemble, l'opération fut un succès, en ce sens que le fil de cuivre finit par tenir dans la bouche. Redresser une dent est un lent processus. On porte une ligature dentaire tant qu'on est capable de la supporter. Mais, du coup, Bian Rongda ne pouvait plus manger. Maître Bian emmena donc son fils à la cantine de la Librairie de la Chine nouvelle. Sur le fourneau trônait en permanence une énorme marmite en terre dans laquelle cuisait en toutes saisons un bouillon d'os qui servait de fond de sauce aux cuisiniers. Maître Bian lui en faisait prendre aux trois repas. Au bout de trois jours, Bian Rongda avait si faim qu'il manquait défaillir à chaque pas. Maître Bian ajouta alors quelques nouilles archicuites, afin que Bian Rongda pût continuer à manger sans se servir de ses dents. Ce dernier, toujours muet, obéissait docilement aux ordres de son père. A la sortie de l'école, il venait à la Librairie de la Chine nouvelle, prenait sans un mot un des bols émaillés de la cantine et, sous un flot de quolibets, ingurgitait sa soupe aux nouilles, le nez dans son bol. Quand il avait fini, il retournait en silence dans le magasin et, appuyé sur le rebord d'une étagère, faisait ses devoirs tranquillement et avec application. Ses devoirs étaient toujours impeccablement présentés, avec des titres artistement calligraphiés pour les mettre en valeur. A la fin de chaque exercice de mathématiques, le maître avait tracé un crochet à l'encre rouge indiquant que l'élève "avait bon". Qualité encore plus rare, il faisait spontanément attention aux autres. Ainsi il s'installait toujours à un des rayons où il y avait le moins de clients – celui où l'on vendait le papier pour la calligraphie, les pinceaux et les pierres à encre haut de gamme, tandis que les enfants des autres employés chahutaient et braillaient avec un parfait sans-gêne, se vautraient sur le comptoir du devant pour faire leurs devoirs, sans se soucier des clients, et remplissaient leurs cahiers d'infâmes gribouillis. "Tante" Chen, la caissière, épouse d'un officier d'active ayant le grade de commandant, et que ses collègues appelaient Madame la Commandante, avait observé Bian Rongda pendant trois jours de derrière sa caisse et s'était prise d'affection pour lui. Or elle avait deux filles jumelles sensiblement du même âge que lui.

La tante Chen se mit à chanter les louanges de Bian Rongda comme si elle cherchait à flatter maître Bian :

— Votre enfant est vraiment exceptionnel ! Vraiment !

— Allons, allons... C'est un enfant tout à fait ordinaire, répliqua maître Bian avec modestie.

Mais en réalité, il fut agréablement surpris d'être l'objet d'une telle faveur. En effet, la petite Chen, comme l'appelaient les employés plus âgés qu'elle, n'était pas seulement Madame la Commandante, elle était aussi la fille d'un ancien soldat de l'Armée rouge et, à ce titre, bénéficiait à l'occasion des fêtes d'avantages matériels particuliers. Son arrogance tranquille était d'ailleurs admise par tout le monde car personne ne jouissait d'un statut social assez élevé pour rivaliser avec elle. Des années auparavant, du temps où maître Bian se dévouait pour aller chercher à la cantine le bol de riz des employées du magasin, il lui arrivait souvent, en chemin, de cracher en catimini un peu de salive dans le bol de la petite Chen.

Une semaine plus tard, Bian Rongda, pour qui chaque journée durait un siècle, vit enfin le bout du tunnel. Après que son père lui eut servi sa soupe aux nouilles, quelqu'un vint comme d'habitude bavarder avec ce dernier. La tante Chen en profita alors pour remplacer subrepticement le bol émaillé de Bian Rongda par un autre. Dans celui qu'elle apportait, elle avait glissé sous les nouilles du pudding aux œufs et du porc haché à la vapeur. Ce que Bian Rongda remarqua tout d'abord, ce furent les mains de la tante Chen. Doigts courts et boudinés, ongles tout plats avec de la crasse incrustée dessous, mais, pour lui, c'étaient les mains les plus douces et les plus belles du monde ! Des larmes jaillirent brusquement de ses yeux. Surmontant sa timidité, il releva la tête, surpris, et trouva les yeux de tante Chen. Celle-ci lui sourit, lui faisant comprendre qu'il devait se dépêcher de manger. Ils échangèrent un regard. Bian Rongda n'allait plus jamais oublier cet instant qui avait scellé entre eux une intense complicité.

A quelque temps de là, un après-midi, une petite fille apparut. Ce jour-là, tout sembla se passer de la façon la plus naturelle du monde. Maître Bian travaillait dans le magasin quand l'officier de mari de la petite Chen vint acheter des livres, accompagné d'une de ses filles, et ils se rencontrèrent à cette occasion. La petite Chen présenta sobrement son époux et sa fille à maître Bian :

— Je te présente mon mari et notre fille ; ils sont venus acheter des livres.

La Librairie de la Chine nouvelle, assez sombre en hiver, fut soudain illuminée par la présence de ce grand officier à l'allure martiale et de sa fille, vive et charmante. Maître Bian serra la main de l'officier. La petite fille courut vers le rayon où Bian Rongda était en train de faire ses devoirs, choisit un pinceau, sauta de-ci de-là et, sans se gêner, s'empara de son cahier pour y jeter un coup d'œil. Puis, avec une petite moue, elle émit un son volontairement réprobateur qui fit forte impression sur Bian Rongda. Telle était la fille de la tante Chen. Bian Rongda l'avait à peine regardée qu'il en fut ébloui. Avec son bonnet de laine d'une blancheur immaculée, ses joues écarlates et ses yeux brillants, on aurait dit une poupée. Le soir même, elle dansait dans les rêves de Bian Rongda comme un petit faon. Au réveil, Bian Rongda s'aperçut qu'il n'était plus un petit garçon.

L'appareil dentaire fabriqué artisanalement par maître Bian se desserra moins de quinze jours plus tard. Bian Rongda recracha une pleine bouchée de fils de cuivre qu'il remit à son père. Mais celui-ci ne jurait plus que par la petite Chen. Après avoir été son collègue pendant plus de dix ans, il découvrait soudain qu'elle était en fait d'un abord facile. Malgré ses pantalons de velours et sa montre suisse Enicar, elle était tout ce qu'il y a de plus sociable et possédait énormément de savoir-vivre. Pour la remercier de l'affection et de la sollicitude dont elle entourait son fils, maître Bian n'eut de cesse qu'il ne lui offre des produits de sa campagne : racines de lotus, œufs de poule, riz gluant, poissons, crevettes, etc. Elle lui rendit aussitôt la politesse avec des gâteaux de riz gluant, des fruits secs à la pékinoise, des bonbons croquants, etc. Et c'est ainsi que, de fil en aiguille, et par une entente tacite, maître Bian et la petite Chen finirent par devenir aussi intimes que de proches parents.

A vrai dire, l'"amitié révolutionnaire[1]" qui unissait Bian Rongda et Huang Xinlei[2] fut entretenue surtout par les efforts conjoints de leurs parents respectifs. Entre maître Bian et la petite Chen, l'entente tacite persista longtemps. Ils étaient à la fois proches et distants, accommodants et stricts. D'un côté, ils favorisaient les rencontres de leurs enfants et, de l'autre, ils s'arrangeaient toujours pour en limiter la durée au minimum. Ils veillaient en outre à ce qu'elles aient toujours lieu sous leurs yeux, craignant qu'en raison de l'innocence de leur jeune âge, il se produise prématurément des choses qui n'auraient pas dû se produire. Aussi les entrevues entre Bian Rongda et Huang Xinlei donnaient-elles toujours l'impression d'être accidentelles. Une fois l'affaire des incisives terminée, Bian Rongda avait cessé de venir chaque jour à la librairie. Ce n'est qu'à la veille de la fête du Printemps qu'ils se revirent. A l'occasion du banquet organisé par la librairie, beaucoup d'enfants faisaient la queue au guichet de la cantine à la place de leurs parents. Il y avait foule ce jour-là. La famille et les enfants des employés de la librairie étaient venus nombreux et il régnait un joyeux brouhaha dans la salle à manger. Bian Rongda se risqua seulement à jeter un coup d'œil en direction de Huang Xinlei, mais ce regard souriant voulait dire "merci", car – il ne fallait pas l'oublier – Huang Xinlei était la fille de la tante Chen. Huang Xinlei, gênée, détourna aussitôt les

1. Cliché du jargon pudibond de l'ère stalinienne servant à désigner les relations amoureuses prémaritales entre "communistes".

2. Huang Xinlei, épouse de Bian Rongda, fille de la tante Chen, porte le nom de famille, Huang, de son père.

yeux et regarda fixement ailleurs. Très vite, le printemps arriva. Les examens de mi-semestre furent bientôt passés. Un jour, ils tombèrent par hasard nez à nez à la Librairie de la Chine nouvelle. Leurs père et mère respectifs se trouvaient dans le magasin et les observaient vaguement, de loin. Sans se regarder, ils se mirent à tourner dans tous les sens entre les rayons comme des aveugles, mais chacun sentait la présence de l'autre. Plusieurs mois s'écoulèrent encore jusqu'à la rencontre suivante. C'étaient les vacances d'été, c'était encore à la librairie et c'était toujours sous le regard de leurs parents. Cette fois-là, la tante Chen prit la parole. Elle pria Bian Rongda de recommander à sa fille un dictionnaire et incita cette dernière à suivre ses conseils. Bian Rongda trouva le dictionnaire qu'il cherchait et le tendit à Huang Xinlei. Celle-ci dit simplement : "Merci." Huang Xinlei avait poussé très vite et elle avait déjà l'air d'une grande jeune fille. Une grande jeune fille toute mince, qui se tenait droite comme un I et qui ne parlait pas, "pure comme glace et nette comme jade" – Bian Rongda avait un faible pour cette expression. Pour lui, les filles qui se tenaient droites comme des I, se montraient peu loquaces et étaient proprettes et soignées méritaient toutes, sans exception, l'appellation "pure comme glace et nette comme jade". Mais s'il avait un faible pour tout ce qui était "pur comme glace et net comme jade", il n'en gardait pas moins un souvenir impérissable de sa première rencontre avec Huang Xinlei : ses paroles enjouées, sa démarche sautillante et son attitude volontairement effrontée. Cette image, si floue soit-elle, était suffisante pour qu'il perçût chez elle un changement. Mais Bian Rongda n'était-il pas lui-même en pleine métamorphose ? Des poils commençaient à lui pousser sur le pubis ! D'affreux poils frisés ! Sa voix muait et il l'entendait brusquement dérailler, pareille à un cheval effrayé qu'on ne réussit pas à maîtriser. Sa pomme d'Adam avait sailli. Ses poils de barbe durcissaient et se multipliaient. Des boutons d'acné étaient apparus sur ses joues. La nuit, il imaginait des choses abominables et polluait sa literie ! Personne ne lui avait dit ce que tout cela signifiait. Ne pouvant faire part à quiconque de ses pensées malsaines, il en éprouvait un sentiment de honte et n'avait d'autre ressource que de se murer toujours plus dans le silence. Et dans son silence, il se sentait très confus vis-à-vis de Huang Xinlei. Car, parfois, l'objet de ses pollutions nocturnes n'était autre que la sautillante Huang Xinlei, toujours coiffée de son bonnet d'un blanc immaculé, les joues écarlates, les yeux brillants, pareille à une poupée mais en bas – qui l'eût cru ? – elle était nue !

Entre 1972, date à laquelle avait commencé l'affaire des incisives, et 1983, onze ans s'étaient écoulés, au cours desquels Bian Rongda était passé de l'âge de douze ans à l'âge de vingt-trois ans et du diplôme de fin d'études primaires au diplôme de fin d'études universitaires. Cependant, sa vie avait été totalement dénuée d'imprévu. Avant de passer le concours d'entrée à l'université, Bian Rongda nourrissait encore de vastes ambitions et était plein d'illusions grandioses : une université prestigieuse de Pékin ou de Shanghai, de brillants condisciples venus des quatre coins du pays, un campus où les étudiantes ravissantes se bousculeraient. En fin de compte, Bian Rongda ne réussit à intégrer que l'Ecole normale de Jingzhou. Et le jour où il reçut son avis d'admission, maître Bian lui administra en pleine figure une volée de coups qui suffit à lui faire comprendre ce qu'est la honte. Cette raclée aggrava encore son complexe d'infériorité et sa mélancolie, et ce n'est qu'en troisième année qu'il reprit peu à peu confiance en lui. Ce travail sur soi occupa la presque totalité de ses moments de loisir. Il choisit comme thérapie de s'attaquer à la littérature. Il s'immergea jour et nuit dans la bibliothèque et se plongea corps et âme dans la lecture des œuvres classiques et modernes de la littérature tant chinoise qu'étrangère. Puis il s'essaya lui-même à l'écriture. Au cours du premier semestre de sa quatrième année d'études, Bian Rongda, que le fait de se voir retourner l'un après l'autre les manuscrits qu'il avait adressés aux éditeurs n'avait pas découragé, finit par faire publier dans le supplément littéraire du *Quotidien de Jingzhou* un premier essai intitulé “Ma mère”. La mère en question n'avait rien d'attrayant. C'était une femme d'âge mûr affublée d'épaisses lunettes de myope ; elle avait des doigts courts et boudinés, des ongles tout plats avec parfois de la crasse incrustée ; mais pour son fils, c'étaient les mains les plus douces et les plus belles du monde ! Après qu'il eut publié plusieurs essais à la suite dans les suppléments littéraires de divers journaux, une étudiante commença à s'intéresser à lui. C'est elle qui prit l'initiative de lui parler. Elle emporta son linge sale pour le laver et, au moment de l'étude du soir, lui donna rendez-vous pour une promenade sur le campus. Au bout de deux semaines, elle proposa qu'ils mettent leurs tickets de cantine en commun : elle se chargerait de contrôler leurs dépenses en les réduisant au minimum et en épargnant tout ce qu'elle pourrait, étant entendu qu'il leur fallait tout de même manger à leur faim. La vie était dure, lui expliqua-t-elle d'un air soucieux, ils devaient le plus tôt possible se pénétrer de cette réalité et donc commencer dès à présent à économiser. Sinon, lorsque plus tard viendrait le moment de se marier, ils risquaient de ne pas même pouvoir s'offrir une montre et des chaussures en cuir. Et c'est ainsi qu'avec pragmatisme et efficacité, et en faisant fi de tout romantisme, l'étudiante en vint à aborder directement le sujet du mariage. Bian Rongda fut terrorisé. En revanche, de la lointaine ville de Wuhan, c'est sous la forme d'une figure "pure comme glace et nette comme jade", ou au contraire vive et joyeuse, que Huang Xinlei lui apparaissait dans la correspondance qu'il entretenait avec elle.

Bian Rongda et Huang Xinlei n'avaient pas cessé de s'écrire. Huang Xinlei écrivait très bien. Elle avait un style concis et élégant, maniait la langue avec aisance et savait choisir le qualificatif qui fait mouche. Elle en aurait remontré sur ce plan à bon nombre des étudiantes que côtoyait Bian Rongda. Surtout, depuis son échec à l'examen d'entrée à l'université, elle paraissait avoir grandi et elle comprenait mieux les difficultés de la vie. Dans ses lettres, elle lui disait carrément combien elle l'enviait et l'admirait. Bian Rongda fut particulièrement sensible à ces déclarations. Le genre littéraire qu'est l'échange épistolaire permit à leur "amitié révolutionnaire" de franchir une étape nouvelle. Quand son fils fut diplômé de l'université et à la veille d'être affecté à un poste, maître Bian le pressa de clarifier ses relations avec Huang Xinlei. La tante Chen attendait beaucoup de lui également et multipliait les allusions à ce propos. Aux dernières vacances d'hiver, il prit la résolution de rencontrer officiellement Huang Xinlei pour préciser leurs relations. On fixa ensemble une date, en prévision du retour de Bian Rongda. Accompagné de son père, Bian Rongda devait rendre une visite officielle à la tante Chen. Celle-ci invita tout aussi officiellement les Bian père et fils à venir chez elle partager un repas tout simple, auquel elle convierait en même temps une amie pour jouer le rôle d'entremetteuse. La rencontre serait organisée de façon extrêmement protocolaire, avec toute la pompe voulue, afin d'éviter que, par la suite, on ne vienne à jaser au sujet des deux jeunes gens. Bian Rongda se plia évidemment à la décision de son père et de la tante Chen, mais il se réserva quand même un infime soupçon de romantisme – il revint plus tôt que prévu à Wuhan et débarqua directement à la Librairie de la Chine nouvelle. Huang Xinlei avait remplacé sa mère au poste de vendeuse. Ce jour-là, une tempête de neige faisait rage. Juste avant d'entrer dans la librairie, Bian Rongda revit Huang Xinlei sous les traits de la poupée d'autrefois coiffée de son bonnet de laine. Cependant, celle qui se montra à lui, et à laquelle il n'était absolument pas préparé, était une jeune femme déjà vieillie, chétive et pâlichonne, les traits figés. Ses cheveux clairsemés étaient aplatis sur son crâne et elle portait exactement les mêmes fausses manches d'un bleu passé que maître Bian. Tremblant, se frottant les mains l'une contre l'autre, Bian Rongda fut incapable d'articuler une parole. Huang Xinlei, à la fois intimidée, contrariée et furieuse, se tenait raide, immobile, et c'est seulement au bout d'un long moment qu'elle finit par proférer d'une voix morne :

— Je te prie de quitter mon lieu de travail !

La rencontre officielle se déroula néanmoins comme convenu. Bian Rongda n'eut pas le courage de s'opposer à son père et ne put *a fortiori* se résoudre à contrarier la tante Chen. Il pensa qu'ils auraient toujours la possibilité de rompre ensuite s'ils ne s'entendaient pas. On n'était plus dans l'ancienne société… Toutefois, le jour de la rencontre, Huang Xinlei n'avait plus du tout le même air. Elle portait un pull à motifs rouges et noirs entremêlés, elle venait de laver ses cheveux qui étaient à la fois gonflés et brillants. A table, où régnait une joyeuse animation, ses joues s'empourprèrent. Vue sous cet angle, Huang Xinlei était redevenue une jeune fille plutôt jolie. Mais ce n'était pas la jeune fille d'autrefois, c'était une autre jeune fille. Devant ces métamorphoses successives, Bian Rongda se sentait complètement perdu et il ne sut que dire. Huang Xinlei portait au poignet une petite montre de femme scintillante dernier cri, de la marque Shanghai. C'était un cadeau que lui avait fait son père quand elle était entrée dans la vie active. L'entremetteuse déclara qu'elle aimait beaucoup sa montre. Huang Xinlei la détacha aussitôt de son poignet et la lui laissa porter un moment. Après coup, maître Bian glosa abondamment sur ce détail qui montrait bien le savoir-vivre de Huang Xinlei. Bian Rongda avait lui aussi un avis assez positif sur Huang Xinlei, si ce n'est qu'elle n'était plus celle qu'il avait connue autrefois. Cet après-midi-là, elle ne sembla guère faire attention à lui. Tout le monde mit cette tiédeur sur le compte de la timidité. Mais ce n'était pas de la timidité : Huang

Xinlei cherchait à laver son amour-propre blessé. Là-dessus, leurs échanges épistolaires cessèrent. Semaine après semaine, chacun resta sur ses positions, enfermé dans le silence. Au bout d'un certain temps, Huang Xinlei passa à l'offensive : elle renvoya à Bian Rongda toutes les lettres qu'il lui avait écrites. Lorsque ce dernier ouvrit le paquet recommandé qu'il était allé récupérer à la poste, il trouva toute une pile de lettres soigneusement rangées, serrées par un brin de laine violette noué en croix, à laquelle était joint un billet sur lequel il lut : "Je souhaite que le camarade Bian Rongda me restitue rapidement toutes mes lettres." Ce brusque changement d'attitude plongea Bian Rongda dans le désarroi. N'était-ce pas une manière de l'éconduire ? Si leur relation ne continuait pas à se développer, cela ne signifiait qu'une chose dans l'esprit de Huang Xinlei, c'est qu'elle l'avait laissé tomber. Bian Rongda n'aurait pas imaginé que la frêle Huang Xinlei pût ainsi lui damer le pion !

Finalement, le problème fut résolu quand Bian Rongda, son diplôme en poche, obtint son affectation. Celle-ci ne fut rien moins qu'idéale. Il ne fut pas nommé à Wuhan comme il l'avait espéré, mais envoyé comme enseignant dans un lycée de la banlieue de Jingzhou. Le pugnace maître Bian se trouva désarmé face à ce coup du sort. La tante Chen crut de son devoir de tout mettre en œuvre pour faire revenir Bian Rongda à Wuhan. Or faire muter quelqu'un, surtout d'une banlieue de préfecture à la capitale provinciale, était une opération très délicate. Ne reculant devant aucun effort, la tante Chen et son époux mirent en branle toutes leurs relations, et il leur fallut moins d'un an pour ramener Bian Rongda à Wuhan, et dans une bonne unité de surcroît : le comité provincial de Coopération scientifique et technique du Hubei. Pendant que l'affaire suivait son cours, Bian Rongda fit souvent l'aller-retour entre Jingzhou et Wuhan, rendant régulièrement compte à la tante Chen et à son mari de l'évolution de la situation. Il dînait chez eux et tout le monde discutait jusqu'à une heure avancée de la nuit, tantôt pour s'inquiéter des contretemps et des retours en arrière, tantôt pour se réjouir de la bonne tournure que prenaient les événements. Et évidemment, Huang Xinlei était de la partie. Un soir où le climat était à l'optimisme, Bian Rongda pénétra dans la chambre de Huang Xinlei pour lui rendre les lettres qu'elle lui avait restituées puis, confus, serra maladroitement la jeune femme dans ses bras.

C'était la veille de la fête du Printemps 1985. La sœur de Huang Xinlei, Huang Xinpei, l'aînée des deux jumelles, avait réussi à décrocher une permission pour rentrer dans sa famille. Elle avait quitté la maison à douze ans pour s'engager dans l'armée, dans une unité d'action culturelle et artistique. Elle avait commencé par la danse, avant de se tourner vers le chant. Or pour les fêtes, elle allait toujours avec sa troupe "remonter le moral" des soldats en poste aux frontières. Cette année-là, la tante Chen souffrait beaucoup à l'idée de ne pas voir sa grande fille et voilà que cette dernière avait justement obtenu une permission. Comme on dit : un bonheur n'arrive jamais seul. Et pour la tante Chen, l'autre bonheur, c'étaient les progrès accomplis par Bian Rongda : celui-ci avait déjà fait son trou sur son nouveau lieu de travail. Depuis peu, il était même parvenu à faire publier régulièrement des dépêches et des reportages dans les journaux de la province et de la ville. Réussir à faire imprimer ses textes était évidemment considéré par tous comme une preuve de talent. Plus que quiconque, la tante Chen était ravie des succès de Bian Rongda. La réalité finissait par prouver qu'elle ne s'était pas trompée sur son compte ! Tout à leur joie, les époux Chen décidèrent de laisser leur fille et son petit ami seuls ce jour-là, afin qu'ils puissent ranger et décorer la pièce et préparer le dîner pour recevoir la sœur aînée. La tante Chen monta dans la voiture de son officier de mari et se rendit à la gare pour accueillir sa fille. Tandis qu'elle rangeait, Huang Xinlei s'exclama soudain :

— Pourquoi sont-ils partis avec deux heures d'avance ?

Aussitôt elle plaqua sa main sur sa bouche, consciente de son étourderie : elle venait de comprendre que ses parents leur avaient sciemment laissé au moins trois heures à passer en tête-à-tête, chose qui ne s'était jamais produite dans le passé. Le cœur de Bian Rongda commença à battre à grands coups. Huang Xinlei prenait de longues inspirations. Malgré tout, ce qui doit arriver entre un homme et une femme arriva. La chose elle-même dura fort peu de temps car, faute d'expérience, ni l'un ni l'autre ne maîtrisait rien. Néanmoins ce coup d'essai fut plutôt réussi, ce qui était tout à leur honneur. Ils en retirèrent une relative confiance en eux, et l'assurance qu'ils n'étaient finalement pas si empotés que cela. Dans les minutes qui suivirent, l'attitude de Huang Xinlei se transforma du tout au tout – en un temps record, elle changea de rôle et, de la jeune fille excessivement réservée qu'elle était, devint la tendre fiancée de Bian Rongda. Timidement, elle sortit les objets qu'elle avait accumulés en cachette pour constituer sa dot et les montra l'un après l'autre à Bian Rongda : une housse de couette en satin, une paire de taies d'oreiller brodées en nylon de couleur vive et tout un bric-à-brac multicolore. Mais Bian Rongda ne manifesta pas le moindre intérêt pour ces objets. Il avait les oreilles qui bourdonnaient, le front trempé de sueur, comme s'il souffrait d'hypoglycémie. Tout cela parce que, sur le drap, il n'y avait pas une seule goutte du sang de la vierge déflorée ! Qu'est-ce que cela voulait dire ? D'où venait le problème ? En ce qui concernait Bian Rongda, il était certain que c'était la première fois qu'il faisait l'amour : comme tous les garçons vierges, dans l'affolement, il avait eu du mal à trouver la porte d'entrée. Quant à Huang Xinlei, elle avait paru encore plus intimidée et plus troublée que lui, et parfaitement ignorante de la chose. Sans compter qu'après toutes ces années d'"amitié révolutionnaire", la correction, le sérieux et la constance manifestés depuis toujours par Huang Xinlei lui interdisaient en conscience de mettre en doute son innocence. De qui Bian Rongda devait-il donc douter ? Des légendes populaires salaces ne cessaient de le seriner aux garçons : la première fois, on devait voir du sang, sinon c'est que la fille n'était pas vierge – sauf événement exceptionnel. Huang Xinlei avait-elle vécu un événement exceptionnel ? Bian Rongda l'ignorait. Huang Xinlei était si sensible et si fière, comment s'en enquérir auprès d'elle sans qu'elle y voie un affront ? Bian Rongda était au bord des larmes. Lui qui aurait "versé son sang sans verser une larme", il redoutait d'être humilié. Il ne pouvait pas garder cette crainte sur le cœur, car cela lui donnait envie de pleurer. Alors que Huang Xinlei lui demandait avec une tendresse inhabituelle s'il aimait ces objets, Bian Rongda ne put retenir une larme de couler pour de bon. Le cœur serré, il répondit :

— Oui.

Aussitôt après, on entendit une voix joyeuse appeler de la rue :

— Xinlei !

C'était sa sœur aînée, que les époux Chen venaient de ramener à la maison. Le son joyeux de cette voix foudroya Bian Rongda. Pendant que Huang Xinlei courait ouvrir la porte à sa sœur, Bian Rongda crut qu'il allait avoir un malaise. Il saisit aussitôt le chambranle de la porte et s'intima l'ordre de serrer son poing gauche : "Du calme ! Souris ! N'aie l'air de rien !"

Une jolie militaire fit irruption dans la pièce, le sourire aux lèvres, le regard brillant ! Toujours ce visage de poupée reconnaissable entre mille ! Toujours cette vivacité, cette exubérance, ces petites moues, et toujours cette façon incrédule et taquine de saluer :

— Ah, voici mon beau-frère, je présume…

Dieu du ciel ! En fait, les êtres humains ne changent pas. Les gestes et les habitudes les plus infimes sont les plus difficiles à modifier. Quelle que soit la proportion dans laquelle ils sont amplifiés par l'histoire, ils conservent leur caractéristique intrinsèque. Elle, c'était Huang Xinpei et non Huang Xinlei. C'était la sœur jumelle de Huang Xinlei et son aînée de dix minutes. Elle portait un uniforme kaki, des écussons rouges, un insigne de casquette rouge et elle était tout à fait charmante. Tout en riant et en parlant, elle jeta sa casquette et libéra ses cheveux d'un mouvement de tête. Elle avait le teint clair et les pommettes vermeilles, et resplendissait de santé comme un rayon de soleil. Les deux sœurs avaient *grosso modo* la même silhouette et les mêmes traits mais leur teint, leur façon de se tenir, leur caractère et la formation professionnelle qu'elles avaient reçue semblaient avoir creusé un abîme entre elles. Quelqu'un les avait interverties par erreur ! Mais qui ? Bian Rongda l'ignorait. Il n'avait pas le temps de se rappeler et d'analyser en détail l'histoire, et il était encore moins capable de poser des questions. Tout au long du dîner, manquant de s'étrangler à chaque bouchée, il eut toutes les peines du monde à avaler. Pendant ces trois brèves heures, il sentit à nouveau qu'il allait étouffer à force de se contenir. Le monde était en train de se briser avec un fracas formidable. Il y avait des fissures partout. La vie était proprement terrifiante !

Deux mois plus tard, Bian Rongda et Huang Xinlei se mariaient.

Leurs premiers rapports réussis avaient rempli Bian Rongda de doute, et avaient mis Huang Xinlei enceinte. Cette dernière, très à cheval sur la morale, serait morte plutôt que de donner à penser qu'elle avait été engrossée avant le mariage. L'objectif principal de ce mariage hâtif fut donc de lui permettre d'obtenir rapidement un statut légal afin qu'elle pût se faire avorter. Une semaine après les noces, armée de son certificat, de sa carte de travail et de celle de son mari, et accompagnée de Bian Rongda, elle se présenta à l'hôpital, gonflée à bloc. La raison qu'elle invoqua pour se faire avorter fut qu'ils étaient tous deux trop jeunes et qu'ils voulaient d'abord réussir leur vie professionnelle.

Comme Huang Xinlei ne se lassait pas de le répéter depuis son mariage, "dans l'existence, il y a des fautes qu'on peut commettre et d'autres qu'on ne peut pas commettre car il n'y a plus de retour en arrière possible. Aussi faut-il toujours réfléchir à deux fois avant d'agir." Pendant qu'il attendait Huang Xinlei à la sortie du service d'IVG de l'hôpital, Bian Rongda comprit enfin le sens de la phrase qu'elle affectionnait. Il n'avait pas réfléchi suffisamment. Un homme ne devait pas avoir de rapports charnels avec une jeune fille sans réfléchir. Quand c'était fait, la jeune fille vous appartenait et il fallait assumer ses responsabilités jusqu'au bout. Maître Bian avait opposé un refus catégorique à la volonté de son fils de revenir sur son engagement vis-à-vis de Huang Xinlei. C'était très simple, si jamais Huang Xinlei se rendait à la police pour porter plainte, si elle l'accusait de viol, elle n'aurait pas à en dire plus pour que Bian Rongda soit jeté en prison. Si ensuite elle le dénonçait à son unité de travail, elle n'aurait pas besoin d'épiloguer pour qu'il soit sanctionné. Il serait déshonoré et contraint de raser les murs toute sa vie. Cela ne te fait pas peur ? lui demanda-t-il. Si – Bian Rongda avait peur. Après avoir gardé le silence pendant plusieurs jours, il avait choisi le mariage. Quant à savoir qui, en définitive, avait transformé Huang Xinpei en Huang Xinlei, maître Bian considéra que Bian Rongda était seul responsable de la méprise. Que Bian Rongda épouse l'une ou l'autre des jumelles Huang, cela revenait au même... Ce n'est que par la suite, quand on découvrit les problèmes de santé de Huang Xinlei, que maître Bian s'en prit à la tante Chen. Il prétendit avoir compris depuis longtemps que ses manœuvres pour amadouer Bian Rongda n'avaient d'autre but que de caser leur fille mal portante chez les Bian.

Les pressions terribles auxquelles il était soumis retentirent sur le comportement du nouveau marié. Il s'enferma dans un silence encore plus profond que celui d'un muet. Tous les soirs, il travaillait tard à rédiger ses reportages pour les journaux, et le lendemain il faisait la grasse matinée. Il affectait de ne pas comprendre ses devoirs de mari. Et il parut se désintéresser complètement de la grossesse de son épouse. Puisque Huang Xinlei insistait pour se faire avorter, il la laissa faire. Face au comportement de Bian Rongda, Huang Xinlei choisit de prendre sur elle et de se montrer patiente. Lorsqu'ils retournèrent en visite chez les parents de la mariée, Huang Xinlei alla même jusqu'à servir son mari à table, afin que sa mère la voie faire et que la satisfaction se peigne sur son visage. Si bien que Bian Rongda ne sut plus si c'était la vie conjugale qui était aussi morne et calme ou si, une fois de plus, c'était parce qu'aucun des deux ne voulait céder. Cette fois-là, c'est lui qui n'y tint plus. Après tout, il était jeune, normal et en bonne santé, et chaque soir une jeune femme dormait à ses côtés. Il ne supporterait pas éternellement une vie aussi terne. Il voulut avoir une vraie discussion avec Huang Xinlei :

— La loi chinoise garantit la liberté du mariage. Cela veut dire que si deux individus mariés s'aperçoivent que la vie de couple ne leur convient pas, qu'entre eux il n'y a pas le moindre sentiment, que lorsqu'ils dorment dans le même lit, ils restent froids, eh bien, je pense qu'ils doivent divorcer. Même Engels a dit qu'"un mariage sans sentiment est un mariage immoral". Qu'en penses-tu ?

Contrairement à ce qu'il prévoyait, Huang Xinlei ne se froissa pas. Elle lui répondit sur un ton aimable :

— Tu as raison.

Bian Rongda alla un peu plus loin :

— Si nous nous rendons compte qu'il n'y a pas d'affection entre nous, tu es d'accord pour divorcer ?

— Bien sûr.

Bian Rongda fut soudain coincé. Imaginez une jeune mariée, qui n'a pour ainsi dire pas goûté aux joies du mariage, qui vient de subir la douleur d'un avortement, et qui malgré tout se montre à ce point compréhensive... Bian Rongda ne se conduisait-il pas un peu comme une crapule ?

— Tu es fatiguée ? poursuivit-il.

— Non.

— A quoi penses-tu, alors ?

— Et toi ?

Huang Xinlei rit sous cape. Bian Rongda ferma les yeux, étendit une main et caressa le visage souriant de son épouse.

Résultat, Bian Rongda se fit un peu tendre. Et c'est ainsi que leur mariage franchit le temps comme une flèche et que pffft ! seize ans passèrent en un éclair.

Cette année-là, alors qu'ils n'étaient pas encore mariés, Bian Rongda avait à peine touché Huang Xinlei qu'elle était tombée enceinte. Mais, par la suite, dès qu'elle se retrouva enceinte, elle fit des fausses couches à répétition. Entre la date de son mariage et l'année 1991, soit sept ans plus tard, Huang Xinlei fit trois fausses couches. A chaque fois, elle perdait beaucoup de sang et devait se reposer pendant un an. Puis elle était à nouveau enceinte, faisait une nouvelle fausse couche, perdait à nouveau beaucoup de sang et devait à nouveau se reposer un an. Puis on refaisait une tentative. Au bout de la troisième fausse couche, les médecins l'avertirent : si elle continuait à enchaîner les grossesses et les fausses couches, elle risquait de se retrouver stérile à vie. Huang Xinlei souffrait d'une anémie sévère, elle était maigre comme un clou et sa peau était toute parcheminée. Le sang a beau se renouveler, aucune femme n'aurait résisté à tant d'années d'hémorragies. Bian Rongda était très inquiet et n'osait plus toucher son épouse sans précautions. Ses nuits étaient souvent peuplées de cauchemars. Pendant ces sept années, leur vie de famille fut dominée par une préoccupation unique : comment garder l'enfant. Toute la famille, comme un seul homme, s'était coalisée pour mener une lutte sans merci contre les avortements à répétition de Huang Xinlei. Entretemps, maître Bian se brouilla avec la tante Chen. Il lui donna solennellement rendez-vous dans un coin d'un jardin public pour avoir avec elle une explication relativement à la descendance de la famille Bian. La tante Chen rentra chez elle avec les yeux rouges tant elle était affectée, refusa toute nourriture pendant une journée entière et coupa les ponts avec maître Bian. Ce dernier convoqua secrètement son fils en urgence et lui fixa un nouvel objectif : le divorce. Bian Rongda rejeta catégoriquement l'exigence de son père ; il se refusait à s'acharner ainsi sur quelqu'un. Maître Bian s'étrangla de rage : ce n'étaient pas eux qui s'acharnaient sur qui que ce fût, c'était la tante Chen la première qui leur avait tendu un piège ! Maître Bian rompit alors provisoirement toutes relations avec son fils. La tante Chen pleura en tenant la main de son gendre, le remerciant d'avoir été loyal et reconnaissant. Là-dessus, elle libéra la pièce la mieux orientée de son appartement afin d'y installer Bian Rongda et son épouse, et entreprit de s'occuper personnellement de sa fille, en se jurant de faire l'impossible pour lui permettre d'être enfin mère. Elle tenta par tous les moyens d'obtenir les recettes populaires, issues des formules secrètes de la cour impériale, pour garder le fœtus jusqu'au terme. Chaque fois qu'elle s'en procurait une, elle en discutait dans les moindres détails avec Bian Rongda. Les questions et les conseils de la tante Chen concernant la vie sexuelle du jeune couple étaient d'une telle précision que l'embarras de Bian Rongda tourna à l'effroi, et il pensa devenir carrément impuissant. La famille n'avait jamais été aussi soudée qu'au cours de cette période. Les secrets partagés et la franche complicité nouèrent entre Bian Rongda et sa belle-mère une relation étroite. Lors du Nouvel An 1991, on demanda à Bian Rongda de faire abstinence pendant vingt jours, de manger pendant tout ce temps des aliments plutôt alcalins, puis, tel jour à minuit, d'avoir des rapports avec son épouse. Cette dernière devait avoir les fesses surélevées à l'aide d'un coussin spécial, les mouvements de Bian Rongda ne devaient pas créer chez elle une sensation d'oppression dans le bas-ventre mais devaient être cependant assez fougueux pour injecter le liquide séminal aussi profond que possible. Pour n'importe quel homme, le défi était difficile à relever. Bian Rongda tremblait de tous ses membres comme s'il marchait sur une fine couche de glace. Au moment de livrer combat, il eut du mal à avoir une érection. Il semblait avoir perdu toute confiance en lui. Huang Xinlei lui prit la main, lui sourit et l'encouragea :

— Ce n'est certainement pas plus difficile que de publier un article.

L'humour dont Huang Xinlei avait fait preuve pour l'occasion se révéla décisif. L'affaire fut finalement menée à bien ! En sortant de la chambre le lendemain matin, Bian Rongda s'aperçut que la maisonnée était entrée dans une nouvelle phase : tout le monde chuchotait, retenait son souffle et lui parlait exprès de tout autre chose. Une attente fervente commença. Huang Xinlei était à nouveau enceinte ! Cette fois-ci, elle suivit à la lettre les directives du médecin, resta alitée et s'interdit tout rapport sexuel. Chaque jour, en rentrant du travail, Bian Rongda passait deux heures à lui faire faire des exercices et lui massait le dos pour éviter qu'elle n'attrape des escarres. Il fut aimablement prié de laisser ouverte la porte de la chambre conjugale afin de permettre à la tante Chen de circuler librement et de veiller strictement à l'observation des ordres du médecin. Cette fois-ci, Huang Xinlei ne présenta aucun signe grave de menace d'avortement. Ayant passé dix mois[1] sous la surveillance attentive de toute la famille, Huang Xinlei accoucha un beau matin d'un petit garçon chétif mais en bonne santé. Bian Rongda choisit à ce fils chétif le prénom de

1. En Chine, la durée de la grossesse est calculée en mois lunaires.

Haohan[1], dans l'espoir que cet enfant dont la venue n'avait pas été facile aurait l'esprit large et se développerait avec l'impétuosité des eaux du Yangzi.

A trente ans, Bian Rongda était enfin père. Quand le petit Bian Haohan eut un mois révolu, toute la famille célébra l'événement en organisant un gigantesque banquet au cours duquel on fit éclater des pétards. Lors du repas, Bian Rongda, dans sa joie, but quelques verres de trop et, à l'évocation des événements passés, versa une larme silencieuse. Il ne put se retenir de serrer fort dans ses bras deux petits enfants turbulents – les fils jumeaux de Huang Xinpei, qui étaient les plus joyeux de la fête. Un an après le mariage de sa sœur cadette, Huang Xinpei avait quitté l'armée et s'était mariée. Peu après, elle se retrouva enceinte. Malgré son gros ventre, elle continua d'aller travailler à bicyclette. Une fois, elle fit même une chute et eut le visage tuméfié. Pour Huang Xinpei, la grossesse était comme un jeu dont il n'y avait pas lieu de faire toute une affaire. En moins de temps qu'il n'en faut pour le dire, elle donna naissance à deux beaux jumeaux. Les deux petits diables avaient maintenant quatre ans et quelques, âge où l'on déborde de vie et de malice et où tous les adultes vous trouvent adorable. Auparavant, lorsque Bian Rongda rencontrait Huang Xinpei et ses enfants, il cherchait toujours un prétexte pour s'éclipser.

Quand son fils eut trois ans et qu'il entra au jardin d'enfants, Bian Rongda retrouva

1. Littéralement, "vaste" ou "immense".

progressivement un peu de temps libre. Il s'aperçut alors que les rédactions des journaux l'avaient oublié depuis longtemps. Il revint à ses vieilles amours, écrivit de nombreux articles et reportages, lesquels, l'un après l'autre, tombèrent dans un océan d'indifférence. Un jour, il apprit par hasard que le système qui permettait d'envoyer des manuscrits gratuitement en coupant un coin de l'enveloppe avait été aboli. Autrement dit, les textes qu'il avait envoyés n'étaient sans doute jamais parvenus aux rédactions des journaux. En outre, les rédactions ne renvoyaient plus les manuscrits. Cela signifiait qu'il n'y avait plus personne auprès de qui on pût s'informer pour savoir si les manuscrits qu'on avait envoyés avaient été reçus, s'ils avaient été publiés, quels étaient leurs qualités et leurs défauts. Tout était décidé par quelqu'un dont on ne savait rien. Bien plus, le fait que cette personne fût dans de bonnes ou de mauvaises dispositions suffisait à décider du sort de votre manuscrit. Aussi, quel intérêt y avait-il encore à en envoyer ? Bian Rongda ignorait pourquoi l'ordre normal des choses dans la société avait été bouleversé sans raison. Qui avait décidé que certaines règles auxquelles tout le monde était habitué n'avaient plus cours ? C'était vraiment pénible ! C'est à ce moment-là que Bian Rongda subit un revers dans son travail. On le mit sur la touche et il fut muté dans un service dépendant du comité de Coopération scientifique et technique où il n'y avait absolument rien à faire. Bian Rongda commença à être agité, préoccupé, jusqu'à ce qu'il décide de se consacrer à nouveau à son passe-temps de collectionneur de timbres. Au milieu de la confusion où il était plongé, il trouva ainsi quelque chose à quoi se raccrocher.

Peu de temps après, son heure arriva. Il reçut des appréciations flatteuses et des encouragements du vieux cadre Jiang Wuhan puis passa sous les ordres de ce dernier et fut chargé de l'aider à créer l'Association des souffleurs de verre. Le vieil homme, qui se passionnait pour l'artisanat du verre, cherchait depuis toujours une occasion de quitter le comité des Sciences afin de créer une unité spécialisée dans l'étude du soufflage du verre et la promotion des objets en verre. Les recherches des spécialistes avaient montré que ce matériau offrait une remarquable constance dans la qualité et que les objets en verre étaient d'une facture agréable à l'œil, qu'ils possédaient une valeur esthétique et une valeur d'usage irremplaçables. Sur le plan écologique, c'était l'équivalent, pour les ustensiles, des produits bio dans l'alimentation. Par conséquent, l'activité de souffleur de verre était tout bénéfice pour l'humanité. Bian Rongda, qui ne savait comment employer ses talents, ne fut pas long à s'entendre avec le vieux cadre Jiang Wuhan et il se jeta à corps perdu dans la création et le développement de l'Association des souffleurs de verre. Compte tenu de son dévouement, de sa compétence et de ses états de service, Bian Rongda fut bientôt élevé par Jiang Wuhan au rang de chef de section, avec les titres de secrétaire général et de directeur du bureau de l'association. Même s'il n'avait de cesse qu'il ne se rappelle à lui-même qu'il devait se conduire avec modestie et se garder de toute arrogance, il était visiblement fier de sa réussite précoce. Chaque fois qu'il rentrait tard à la maison à cause de son travail et que Huang Xinlei ne lui avait rien préparé à manger, il ne pouvait s'empêcher de manifester une pointe d'humeur.

Huang Xinlei semblait ne pas comprendre la raison de cette attitude. Au contraire, elle le toisait de toute sa hauteur, avec une vague ironie dans le regard. Bian Rongda comprenait que cette ironie n'était pas seulement due au fait qu'il était plus petit qu'elle de deux centimètres. Mais qu'avait-elle donc en tête ?

— Rien du tout, répondait-elle, l'air sombre.

Plusieurs années passèrent encore avant que Bian Rongda ne comprît peu à peu le sens du regard ironique de Huang Xinlei : le fait que Bian Rongda eût créé en fanfare l'Association des souffleurs de verre démontrait à l'évidence qu'il n'avait rien compris à son époque car, au même moment, dans toute la Chine, les gens s'étaient mis à faire du commerce, à créer des sociétés, à boursicoter et à trafiquer sur toutes sortes de marchandises. Gagner de l'argent était apparemment devenu un jeu. Il n'y avait qu'à se baisser pour en ramasser à poignées. La société chinoise connaissait un bouleversement et des transformations gigantesques. Et Bian Rongda, pendant ce temps-là, gaspillait sa belle jeunesse en lançant cette unité collective qui n'était que de l'esbroufe.

Bian Rongda préférait consacrer ses soirées à écrire, penché sur son bureau, se torturant l'esprit pour rédiger de petits articles avec l'espoir secret qu'un journal les apprécierait et les publierait un jour. Le dimanche, il s'occupait de sa collection et faisait la queue comme un pauvre idiot pour acheter de nouveaux timbres. Une fois rentré à la maison, il prenait plaisir à raconter devant sa femme et son fils en bas âge, qui n'en avaient jamais collectionné, les dernières nouvelles qui circulaient sur le marché des timbres. Les jours de fête, il rendait visite à son père et à sa sœur obèse, et il leur glissait en cachette quelque argent "hors plan", persuadé que Huang Xinlei n'en savait rien. Chaque année, au printemps, il faisait une excursion printanière avec son fils et, à l'automne, une sortie automnale ; en été, ils allaient nager et, en hiver, ils faisaient des batailles de boules de neige. Année après année, c'était toujours le même rituel, et c'est ainsi que passa le temps. Bian Rongda se demandait comment Huang Xinlei pouvait ignorer à ce point les activités d'éveil indispensables au bon développement physique et moral d'un enfant. A quoi un être humain devait-il consacrer son temps ? Cependant, Bian Rongda n'avait pas vraiment posé ces questions. Bian Rongda était un homme qui vouait un culte au silence. Il n'aurait pas su poser la moindre question précise à Huang Xinlei. Cette dernière était une femme d'un naturel morose, qui ne péchait pas non plus par excès de paroles. Mais par sa façon de se comporter dans la vie courante, elle faisait sentir à Bian Rongda son mécontentement et son dédain.

Après la naissance de son fils, Huang Xinlei était devenue méconnaissable. Dans les cinq ans environ qui suivirent son accouchement, sa santé s'améliora. Elle prit du poids, ses règles devinrent plus fluides et le syndrome prémenstruel dont elle souffrait guérit sans traitement. Huang Xinlei était une femme dure à la peine. Tout ce qu'elle entreprenait, elle s'y consacrait à fond et elle apprit peu à peu à prendre la parole en public. A la Librairie de la Chine nouvelle, la rentabilité était faible et il fallut redistribuer le personnel. Huang Xinlei n'attendit pas d'être affectée ailleurs ; elle offrit spontanément ses services et signa un contrat de gestion d'un centre de distribution de livres en gros. Ce centre était situé en banlieue. Les stocks, qui se chiffraient à plusieurs millions, s'entassaient dans des entrepôts vétustes. Mais Huang Xinlei était sûre qu'il y avait là un beau potentiel. Elle perdit pourtant sa première bataille. Tout au long de la saison des pluies, elle resta assise sur ses tas de livres en train de moisir, criblée de dettes, les yeux perdus dans le vague, avec plein de limaces autour d'elle. Cependant, elle finit par réussir, à force de ténacité. Elle se creusa la cervelle, courut à droite et à gauche, et, avec les fonds qu'elle s'était procurés, transforma les entrepôts en une halle aux livres. Comme elle n'avait pas assez d'argent pour transformer en jardin l'espace qui s'étendait devant les entrepôts et pour y semer de la pelouse, elle retroussa ses manches, fit pousser une haie de bambous et planta des courges éponges, des concombres sauvages et des calebasses. Au-dessus du portail, elle fit courir des volubilis et du chèvrefeuille. Plusieurs grosses pierres grises furent couchées le long de la haie de bambous en guise de lieux de lecture et de repos. Curieusement, cette atmosphère insolite correspondait aux rêves bucoliques et aux goûts petits-bourgeois des citadins. Et, contre toute attente, grâce au bouche à oreille, la nouvelle commença à se répandre et les gens vinrent de très loin pour acheter des livres ou pour lire. Huang Xinlei en profita pour faire preuve d'audace et prendre un nouveau risque : toute personne qui achèterait plus de cinq livres bénéficierait du prix de gros et tout acheteur ordinaire se verrait accorder une remise de vingt pour cent. En l'espace de moins d'un an, Huang Xinlei s'installa carrément dans son centre de distribution en gros. Avec une volonté stupéfiante, une obstination de fourmi et en travaillant jour et nuit, elle finit, petit à petit, par réaliser ses projets apparemment absurdes. Au fur et à mesure de l'extension rapide de la ville, de l'augmentation tout aussi rapide des dépenses consacrées à l'éducation, du prolongement de larges artères et de lignes d'autobus jusqu'au centre de distribution en gros, la halle aux livres de Huang Xinlei devint florissante. Quand ses revenus eurent dépassé ceux de Bian Rongda, elle fit faire pour sa mère une nouvelle paire de lunettes de myope d'importation, elle fit remplacer le stimulateur cardiaque de son père par un appareil d'importation – son grade de général de division ne l'autorisait à porter qu'un stimulateur de fabrication chinoise. Elle inscrivit son fils dans une école réputée. Elle fit installer la climatisation chez maître Bian – même si ce dernier ne la traitait pas toujours bien. Quant à ses neveux – les jumeaux – et à Bian Wanrong, ils reçurent chacun leur part de cadeaux. Enfin, la montre Shanghai que Bian Rongda avait reçue pour son mariage fut elle aussi remplacée par une montre japonaise Citizen. En revanche, elle ne dépensa pas un centime pour elle-même, alors qu'elle en avait bavé pendant plusieurs années. Devant un tel altruisme et une telle générosité, Bian Rongda finit par éprouver un sentiment d'infériorité. A vrai dire, il n'aimait pas cette montre Citizen ; il ne pensait pas qu'un secrétaire général, doublé d'un directeur, eût à découvrir fréquemment son poignet pendant les heures de travail. Lui qui avait fait de bien meilleures études que Huang Xinlei, dont le degré d'instruction était de très loin supérieur au sien, dont la réussite professionnelle avait toujours été plus éclatante que la sienne, finit par comprendre, à force de subir le mépris et les attaques insidieuses des autres, le sens de son regard ironique.

Bian Rongda redevint paresseux. Il retomba brutalement dans sa léthargie de jeune marié : il veillait la nuit et traînait au lit le matin ; puis au réveil il enfourchait sa bicyclette et se rendait au travail sans se soucier de savoir si tel ou tel avait pris son petit-déjeuner. En rentrant du travail, il s'allongeait, jetait ses chaussettes puantes à la tête du lit et regardait les informations télévisées diffusées sur l'ensemble du réseau, en bâillant à se décrocher la mâchoire. Lorsque tout le monde dormait, il se sentait à nouveau plein d'énergie, il faisait exprès d'arpenter la pièce sur la pointe des pieds, il lisait et écrivait, en feuilletant bruyamment les pages de son livre et ses feuilles de brouillon. Il faut savoir qu'ils vivaient dans un petit appartement d'une pièce et demie et que la chambre à coucher était encombrée de deux lits, un grand et un petit. Toujours aussi patiente qu'aux premiers temps de leur mariage, Huang Xinlei avait une capacité à faire la sourde oreille et à regarder sans voir qui était peut-être une des plus remarquables au monde. Pendant cette période, Bian Rongda s'attardait longuement chaque soir à son bureau, où sa confidente de cœur était sa secrétaire Wang Qi. Le bras de fer tacite entre les deux époux reprit. La première fois, c'était avant son mariage ; la peine que la tante Chen s'était donnée pour sa mutation l'avait alors ému, et il avait transigé. La deuxième fois, c'était après son mariage ; Huang Xinlei s'était montrée compréhensive malgré l'avortement qu'elle venait de subir, et Bian Rongda avait transigé à nouveau. Cette fois-ci, il était décidé à ne pas céder. Les relations fondamentales de cette société sont basées sur l'échange. En guise de tendresse, Huang Xinlei avait troqué des biens matériels contre sa dignité de mâle, et cela Bian Rongda ne pouvait pas l'accepter. Une femme devait en premier lieu savoir s'attacher, attendre et être docile, et non subvertir les relations homme-femme dès que l'occasion se présente et, qui plus est, utiliser cette forme de subversion cruelle pour manifester son ironie et son refus à l'égard du mode de vie des hommes.

Heureusement, la vie n'est un long fleuve tranquille pour personne, et celle de Huang Xinlei ne faisait pas exception à la règle. Comme il fallait s'y attendre, le succès extraordinaire de son centre de distribution de livres en gros suscita la jalousie de tous les magasins de la Librairie de la Chine nouvelle, qui le prirent pour cible. Les lettres de dénonciation anonymes déferlèrent comme une bourrasque de neige sur les échelons supérieurs de la hiérarchie. Pour maintenir la stabilité et la solidarité au sein du système de l'édition, et conformément à la réglementation officielle, les organes de direction récupérèrent les droits d'exploitation privée de Huang Xinlei. Celle-ci restait directrice du centre, mais on lui envoya un nouveau secrétaire du comité du parti, et elle fut soumise à de sévères restrictions quant à l'usage qu'elle faisait des fonds et quant à ses méthodes de gestion. Sa santé se dégrada de nouveau. Ses vaisseaux qui s'étaient dilatés après l'accouchement recommencèrent, semble-t-il, à s'obstruer puis à se boucher. Le syndrome prémenstruel se manifesta à nouveau. Quinze jours par mois, elle avait des règles douloureuses, irrégulières, trop abondantes et des saignements qui ne voulaient pas s'arrêter. Le visage enflé, l'humeur massacrante, elle se tordait sur son lit en se tenant le ventre. Pour tenter de mettre un terme aux affres de la maladie, elle avalait toutes sortes de potions. Tous les matins à l'aube, elle faisait des exercices de qi gong. Et elle était capable de prendre plusieurs bus au milieu de la nuit pour tenter de trouver un médecin. Jusque-là, les deux époux étaient restés sur leurs positions en s'efforçant d'éviter les conflits. Devant cette femme pâle comme un linge, dominée par son utérus et écrasée de surcroît par les règles du jeu d'une société cruelle, Bian Rongda ne pouvait que compatir. Son épouse, pourtant si forte, était trop fatiguée, trop pitoyable. Tout naturellement, Bian Rongda redevint un travailleur acharné. Chaque jour, il se levait dès l'aube et préparait le petit-déjeuner de toute la famille. Aussitôt rentré à la maison le soir, il se précipitait dans la cuisine. Il jetait ses chaussettes sales directement dans la machine à laver. Et tous les jours, il allait travailler avec sa montre Citizen au poignet.

La vie fut à nouveau repeinte à neuf par le cours des saisons. Quand, après les frimas de l'hiver, le soleil radieux du printemps eut redonné aux êtres une vitalité exubérante, Bian Rongda s'empressa d'emmener son épouse et son fils au bord du fleuve pour jouer au cerf-volant. Sac à dos, provisions, bonbons, eau minérale… les trois membres de la famille traversèrent d'un pas léger le parc envahi par les fleurs de toutes les couleurs. Comme l'avait écrit Bian Rongda lui-même : “Paysage merveilleux, tendres liens familiaux et doux vent printanier sont des fers à repasser l'âme.”

Après avoir acheté un cerf-volant sur la berge, Bian Rongda et son fils allèrent directement se poster sur un ponton. Il soufflait un vent idéal. Le cerf-volant que Bian Rongda venait de lâcher s'éleva rapidement en se balançant, doublant les autres au passage pour finir par les devancer tous de très loin. Les nombreux spectateurs admiraient la prouesse et ne tarissaient pas d'éloges. Et Bian Rongda et son fils ne purent réprimer un sentiment de fierté. Une jeune femme accompagnée de sa fille et d'un petit chien arrivèrent sur le ponton. Elles s'excitaient sur leur bobine de fil, mais leur cerf-volant refusait de décoller. La jeune femme, nerveuse, affairée, allait et venait à côté de Bian Rongda. Finalement, elle n'eut d'autre ressource que de lui demander de lancer le cerf-volant à sa place. Pour ce dernier, cela ne posait évidemment aucun problème. Le cerf-volant de la jeune femme prit rapidement de l'altitude. Les enfants poussèrent des cris de joie puis ils allèrent jouer avec le petit chien. Bian Haohan avait déjà fait ami avec la petite fille. Grâce au vol plané des mouettes, le vent semblait encore plus léger et serein. Grâce au babil des vagues, le fleuve s'était fait infiniment tendre. La jeune femme ravissante qui le frôlait éveillait en Bian Rongda toutes sortes de sensations. Elle faisait voler son cerf-volant tout contre lui et lui parlait sur un ton familier, comme si elle eût été une amie de toujours. Elle faisait un peu la coquette, mais son jeu n'était qu'à moitié sérieux. Quand ses fesses rebondies le heurtèrent une nouvelle fois, il fut saisi d'un brusque désir et sentit son sexe se gonfler et se dresser. Il alla aussitôt s'asseoir sur la traverse du ponton servant à amarrer les bateaux, n'osant plus bouger. Il dissimula soigneusement son trouble derrière un visage froid, en luttant de toutes ses forces pour ne regarder que le ciel. Qu'un homme d'âge mûr comme lui pût encore avoir une réaction naturelle aussi rapide vis-à-vis d'une personne désirable du sexe opposé l'emplit secrètement de joie. Certes, il savait aussi qu'à l'aune de la morale, la réaction de son corps était honteuse. Mais il n'avait rien commis de répréhensible ; il restait un homme raisonnable. Se laisser surprendre et se ressaisir, se faire des reproches et se réjouir à la dérobée, lâcher la bride à ses passions et se maîtriser, s'abandonner à la rêverie et se contenir… Bian Rongda était submergé par ces divers sentiments, qui tout à la fois le titillaient et le faisaient souffrir, se bousculant dans son esprit. Il chercha un petit bout de papier, en entoura le fil du cerf-volant puis lui imprima des secousses afin de faire grimper le morceau de papier le long du fil. C'est ce qu'on appelle "téléphoner au cerf-volant". Cerf-volant, cerf-volant, Bian Rongda te téléphone pour partager avec toi le plaisir secret d'un homme.

Huang Xinlei n'avait pas du tout participé au lancement du cerf-volant. Tandis qu'ils l'achetaient sur la rive, elle-même avait trouvé auprès des petits marchands une inspiration formidable. Elle abandonna son mari et son fils et se livra auprès des marchands à une petite enquête très fructueuse. Tout excitée, elle annonça à Bian Rongda :

— Le cerf-volant pourrait être vendu comme matériau d'enseignement accompagnant un manuel de travail artisanal ! Fais le calcul : le prix de revient d'un cerf-volant n'est que de 50 centimes et, en le vendant avec le manuel, on peut au moins fixer le prix à 5 yuans. Si on ne le vend pas tout fait, si on se contente de fournir les matériaux en laissant aux enfants eux-mêmes le soin de le monter, le prix de revient peut encore baisser. Il s'agit d'un travail manuel ; il faut donc que les enfants mettent la main à la pâte ! Sincèrement, y a-t-il un chef de famille qui refuserait de dépenser ces 5 yuans ? Certainement pas ! Acheter en même temps les matériaux et le manuel, il faut avouer que c'est très pratique. Si on devait acheter les deux séparément, l'argent et l'énergie dépensés par le chef de famille dépasseraient certainement les 5 yuans ! C'est vraiment une trouvaille magnifique, on ferait d'une pierre deux coups et cela permettrait au centre de distribution de réaliser d'immenses profits ! Tu as pensé au nombre d'écoles qu'il y a en Chine, au nombre d'habitants, au nombre d'élèves ? Huang Xinlei ajouta : La sortie d'aujourd'hui n'aura vraiment pas été vaine ! Mon cher mari, je te remercie !

Evitant le regard ardent de son épouse, Bian Rongda dit d'une voix hachée :

— Il n'y a vraiment pas de quoi…

Bian Rongda n'arrivait pas à se mettre au diapason de son épouse : le virage était trop dur à prendre. C'est vrai, la sortie d'aujourd'hui avait été très féconde. Il se sentait tout heureux. Ce minuscule cerf-volant l'avait transporté dans un monde grisant, mais un monde qui n'avait pas le moindre rapport avec le profit. Pas le moindre, ma chère épouse !

Devant la mine de Bian Rongda, Huang Xinlei se fâcha.

— Qu'est-ce que tu as encore ? C'est vraiment n'importe quoi ! dit-elle.

Elle releva le menton, l'air furieuse, saisit la main de son fils et tous deux se mirent à avancer d'un pas rapide. Bian Rongda suivait seul derrière, ravalant son amertume. Les contes de fées se brisent en mille morceaux face à la réalité de la vie. En fait, il y avait très longtemps que Bian Rongda n'avait pas écrit ce genre de texte et il savait qu'il n'en écrirait plus jamais de sa vie.

A la veille de l'an 2000, le monde fut plongé dans le chaos. L'humanité est curieuse : elle aime le chaos. Les médias qui ne craignent rien tant que l'absence de désordre étaient comblés. Ils sortirent de pleines pages pour permettre à une catégorie de personnes de saluer la venue du nouveau siècle et à une autre catégorie de personnes de réfuter gravement la théorie du nouveau siècle : le nouveau siècle ne commence pas en 2000, mais seulement en 2001. Il ne s'agit pourtant que d'une simple question mathématique ! L'Association des souffleurs de verre devint elle aussi une foire d'empoigne ; dans les bureaux, tout le monde polémiquait bruyamment, et les deux partis agitaient les journaux en s'égosillant. Car il s'agissait de savoir si l'Association des souffleurs de verre organiserait ou non une manifestation pour célébrer l'événement et quelle ampleur elle prendrait. Le directeur Bian Rongda resta froid : le nombre lui-même avait été fixé artificiellement ; alors nouveau siècle ou non, quelle importance ? Et le moment venu, comment fêterait-on l'événement ? Eh bien, il suffirait de suivre la tendance et de s'aligner sur ce que ferait l'autorité supérieure, et voilà tout.

Pourtant, par ce dimanche d'hiver, Bian Rongda se sentait tout drôle. Ce nombre artificiel,

2000, qu'il considérait lui-même comme une foutaise, avait fini – allez savoir comment – par le remuer secrètement. Après le déjeuner, il s'était assis sur le balcon pour prendre le soleil et lire le journal. Le nombre 2000, qui s'étalait à toutes les pages, dansait devant ses yeux. Dieu du ciel, allait-il vraiment falloir se mettre à désigner les années d'une autre façon ? Bian Rongda était né au XXe siècle, il avait grandi au XXe siècle, et alors ? Ces 1900 et la suite auxquels on était habitué allaient-ils vraiment disparaître ? Il posa son journal avec mélancolie, farfouilla dans des caisses qu'on avait sorties pour les aérer et découvrit une boîte à médicaments qu'il avait gardée de l'époque où il allait au lycée. C'était une boîte à ampoules de glucose de forme carrée, comme on en utilisait entre les années 1950 et 1980, avec des caractères bleu ciel et dont le carton blanc avait jauni. Dès qu'il l'ouvrit, il sentit une odeur qui lui rappela le passé. A l'intérieur, il y avait plusieurs timbres anciens de Mei Lanfang[1] et autres, en mauvais état. Il y avait aussi un sifflet en fer-blanc. Il datait de l'époque du collège, quand il fallait "prendre exemple sur les ouvriers, les paysans et les soldats". Un vrai sifflet de l'armée qui venait d'une caserne. Une dent de sagesse à lui, couverte de tartre, aussi laide qu'un vieux caillou. Il y avait aussi deux charbons qui avaient été extraits de piles usagées de grand format. C'étaient des témoignages de son espièglerie enfantine. Sur les cloisons en planches des toilettes du cinéma, il s'en servait pour faire des

1. Mei Lanfang (1894-1961) : célèbre chanteur d'opéra de Pékin, qui s'illustra dans les rôles féminins. Il révolutionna cet art et le fit connaître dans le monde entier.

graffitis : il traçait un ovale ; tout autour, il dessinait des poils noirs touffus et cela représentait un sexe féminin. Le plus curieux, c'est que l'appareil dentaire que lui avait fabriqué son père était, sans qu'on sache pourquoi, également conservé là-dedans. L'appareil n'était plus qu'une pelote de fils couverts de vert-de-gris, d'apparence fragile, totalement détériorée. A se demander comment, à l'époque, elle avait pu causer tant de souffrances à Bian Rongda. Ce n'étaient pas seulement les incisives de Bian Rongda qu'elle avait ligaturées, c'était sa vie entière !

Bian Rongda tenait la boîte, ne se lassant pas de la regarder et, sous le soleil tiède, il finit par piquer un petit somme. Après s'être réveillé brusquement, il se sentit l'esprit particulièrement lucide. Il plaça rapidement la boîte dans sa serviette, enfila ses vêtements de travail et, avec son flegme coutumier, il enfourcha sa bicyclette et se rendit à son bureau. Il dit au gardien, le vieux Liu, qu'il avait une affaire urgente à régler et l'incita à fermer la porte d'entrée à clef et à aller à la cantine boire un petit coup. Moyennant 20 yuans, il réussit à se débarrasser du vieux Liu, après quoi il s'introduisit subrepticement dans son propre bureau comme un espion, ferma soigneusement porte et fenêtre et tira le rideau. Dans cet espace solitaire, obscur et intime, Bian Rongda revécut les bêtises de son enfance. Il dessina au fusain un sexe féminin. Son dessin d'aujourd'hui était très réaliste et ressemblant. Puis il en esquissa un autre, dans le style des illustrations érotiques de *Fleurs en fiole d'or*[1]. La femme de l'image était saine, plantureuse, et levait les pieds bien haut. C'était une femme pleine de

1. *Jin ping mei*, célèbre roman érotique du XVIe siècle.

vie. Bian Rongda glissa ses deux mains dans ses poches de pantalon et, tout en se balançant, siffla un air qui n'avait ni queue ni tête : “La fille est belle, la fille est délurée, la fille pénètre dans l'écran de verdure.” Cette chansonnette, il l'avait entendue chantée en duo[1] un jour où il était en mission dans le Nord-Est. Jusque-là, il ignorait qu'il savait fredonner. Bordel ! Les choses sérieuses, quand on veut les apprendre, on n'y arrive pas, et les choses pas sérieuses, on les apprend sans le vouloir. Ah ! l'homme… quel foutu animal ! Bian Rongda s'empara du sifflet en fer-blanc et souffla dedans. Puis il souffla encore plus fort et se retrouva avec un goût de rouille plein la bouche. Quand il était enfant, il avait songé à devenir officier dans l'armée ou agent de la circulation : son sifflet argenté entre les dents, il se serait fait obéir au doigt et à l'œil. Il se mit à siffler en rythme et son moral remonta. Il arpenta la pièce au pas, jusqu'à ce qu'il prît conscience de l'absurdité de ce qu'il faisait. Un silence subit s'instaura. L'univers paraissait illimité. Les étoiles s'éloignaient dans toutes les directions. Devant lui, il n'y avait plus que son bureau, tellement familier. Bian Rongda s'affala dans le fauteuil, déprimé, les mains derrière la tête, les jambes croisées, posées sur le bureau. Jusqu'au moment où le vieux Liu se risqua à frapper à la porte :

— Monsieur le directeur ? Monsieur le directeur ? Il se fait tard… Vous avez fini ?

— Je sais ! répondit-il, en prenant comme il se doit un ton de petit bureaucrate.

Quel con je fais, rumina Bian Rongda, tout en reposant ses pieds par terre. Soudain, il sentit

1. Duo mixte, style de chanson populaire dans le Nord-Est.

une fourmi lui courir sur le visage. Il se frotta énergiquement – c'était une larme. Une larme glacée.

Huang Xinlei avait en fait été avisée la première de ce que l'Association des souffleurs de verre était dissoute. Ce matin-là elle traînait, ne parvenant pas à se décider à partir travailler. Lorsque Bian Rongda fut sur le point de sortir, Huang Xinlei, lucide, l'interpella dans son dos :

— Où vas-tu ?

Bian Rongda fut aussitôt cloué sur le pilori du mensonge. Il répondit sans tergiverser :

— Je vais chercher du travail.

— Dois-je comprendre que tu n'as plus de travail ?

— Si tu veux.

— Et où vas-tu chercher du travail ?

— A l'hôtel du Nouveau-Siècle. Il y a une société française de cosmétiques qui recrute[1].

Cette femme habituellement silencieuse ne put s'empêcher d'exploser d'une voix aiguë et discordante :

— Des cosmétiques ? Toi ?

Bian Rongda n'ajouta rien. L'idée qu'il pût être associé à des produits de beauté, lui qui ne s'y était jamais intéressé, ne manquait pas de sel. Cependant, il était fatigué de mentir. Mais il n'avait pas non plus envie de parler en détail d'une affaire qui n'avait pas encore abouti. Combien de jours avaient passé déjà ! A combien d'annonces avait-il répondu en vain ? Notre homme n'avait pas envie de s'expliquer par le menu sur ses défaites !

1. Il n'est pas rare que les sociétés étrangères soient logées dans les grands hôtels.

Le poing serré sur sa poitrine, respirant profondément, Huang Xinlei employait toute son énergie à se contenir. Elle s'efforça de parler calmement :

— Tu ne pourrais pas me dire enfin la vérité ?

— La question ne se pose plus, rétorqua Bian Rongda. Tu es au courant, non ? Aujourd'hui, j'ai un rendez-vous important. Il faut que j'y aille, maintenant.

— Il n'en est absolument pas question !

— Pourquoi ? Ça figure sur notre certificat de mariage ? C'est un règlement fixé par la nouvelle loi sur le mariage ? Si l'épouse le lui interdit, le mari n'a pas le droit de sortir ? Occupe-toi de tes oignons !

Huang Xinlei entra soudain dans une violente colère : elle balaya les bols, les baguettes et les tasses qui se trouvaient sur la table et jeta le torchon graisseux au visage de Bian Rongda. Elle était comme un volcan en éruption : ses yeux qui dardaient des éclairs étaient braqués sur son mari et elle criait plus qu'elle ne parlait. Cette voix suraiguë, ce débit rapide, cette facilité d'élocution, depuis plus de vingt ans qu'ils se fréquentaient, Bian Rongda n'avait jamais vu ça.

— Bian Rongda ! tu as trop de mépris pour les autres ! Le monde entier est au courant de ça, tout le monde en discute, et toi tu continuais à me le cacher ! Tu me prends pour qui ? Tu crois que je ne suis attirée que par le profit ? que je n'aime que les riches ? que je ne sais que me plaindre ? que je compte sur ton argent pour vivre ? Bian Rongda, j'ai honte pour toi. C'est honteux de mentir, tu l'as pourtant assez répété à ton fils, et nous nous étions promis de respecter cette règle. En agissant de la sorte, tu fais honte à ton fils, à moi et à toi-même ! Tout le monde connaît la situation sociale actuelle. Les entreprises démantelées, cela n'étonne plus personne, les licenciements et le chômage encore moins. Des dizaines de milliers de gens en font l'expérience et connaissent les difficultés que cela entraîne. Les autres font bien face, alors pourquoi t'obstines-tu à tromper ton monde ? Tu peux bien te cacher un temps, mais tout finit par se savoir. Bian Rongda… Bian Rongda ! Cela fait seize ans que nous sommes ensemble, nous nous connaissons depuis plus de vingt ans. J'ai fait je ne sais combien de fausses couches avant de réussir à te donner un fils. J'ai failli en mourir. Comment as-tu le cœur de me tromper ? Ce que j'ai aimé en toi au début, c'était ta bonté et ton honnêteté. Qu'est-ce que tu crois qui puisse encore me plaire en toi maintenant ? Tu penses que je m'attendais à épouser un prince charmant, beau comme un dieu, bourré de talents, cultivé et richissime ? grâce à qui je baignerais désormais dans l'opulence et la félicité ? Non ! J'étais tout à fait lucide ! Depuis le début ! J'ai toujours compté sur mes efforts et mon travail – quitte à n'avoir plus que la peau sur les os ! Et malgré tout je continue à travailler d'arrache-pied pour que notre famille vive dans de meilleures conditions. Depuis des années, je m'occupe de toi, je m'occupe de tout le monde, beaucoup plus que de moi-même. Et toi, qu'est-ce que tu trouves à me répondre : "Occupe-toi de tes oignons !" A croire que parce que tu as été licencié et que tu as le sentiment d'être une victime, cela te donne le droit de faire tout ce qui te passe par la tête, de mentir si tu en as envie, de sortir quand tu en as envie et de te moquer totalement de ce que ressentent les autres. Bian

Rongda, comment peux-tu être aussi ingrat ? Comment dès le début n'ai-je pas su lire dans ton jeu ? Est-ce que c'est cela, se comporter en homme ? Allez, si tout ce que je viens de te dire n'a toujours aucune importance pour toi, tu peux sortir.

Bian Rongda sortit. Il s'était tenu raide près de la porte, sans changer de position, et avait écouté le réquisitoire de son épouse jusqu'au bout. Puis, sans dire un mot, il franchit le seuil. En homme qui se respecte, il devait être ponctuel à ses rendez-vous. Il était convoqué pour un entretien avec un patron européen.

Au crépuscule, tout le monde rentra à la maison. L'enfant fit une comédie, exigeant d'allumer la télévision pour regarder un dessin animé, criant "papa" par-ci, "maman" par-là. Papa et maman lui tinrent le même discours : "Tu as fait tes devoirs ? Commence par faire tes devoirs ! Si tu passes ton temps à regarder des dessins animés, qu'est-ce que tu deviendras plus tard ?" Papa et maman s'affairaient dans la cuisine, ne prêtant pas attention l'un à l'autre mais s'entendant pour garder le silence. Le paquet de sel était vide, papa s'empressa d'en ouvrir un neuf. Maman s'en empara pour en saupoudrer les plats. A table ! Papa et maman parlèrent avec leur fils et plaisantèrent même. Ne pas le perturber ni gêner ses études : telle était la règle suprême que les deux époux s'étaient fixée. Le père comme la mère s'en sortaient plutôt bien, réussissant à enfouir profondément leurs peines – une autre forme d'entente rare. Après le dîner, on débarrassa, on nettoya par terre. On rangea la pièce, on fit marcher le lave-linge qui brassa les vêtements des trois membres de la famille. Les vêtements dans lesquels on s'était disputé le matin tournèrent ensemble bon gré mal gré. On jeta un coup d'œil aux devoirs de l'enfant. On jeta un coup d'œil aux informations télévisées. On jeta un coup d'œil aux journaux. On répondit à quelques appels téléphoniques sans importance. L'enfant devait aller au lit. Juste avant de se coucher, il devait boire un verre de lait frais. On le lui faisait boire pour qu'il ne souffre pas de décalcification, qu'il ne soit pas trop petit et n'ait pas l'air d'un miséreux. Il n'y avait qu'une chambre. L'idéal représenté par l'achat d'un appartement plus grand venait juste d'entrer dans les projets à long terme d'une vie de "lutte acharnée[1]". Il se faisait tard. Il fallait se coucher. Les époux s'allongèrent chacun d'un côté du grand lit et éteignirent la lumière. Au milieu de la nuit, la lune se mit à briller par la fenêtre, insensible à la souffrance du monde, d'une beauté glacée dans sa rondeur parfaite. Au milieu de rêves confus, la femme se tourna, tendit la main, cherchant à tâtons, cherchant encore, intentionnellement ou non. L'homme accueillit la main qui le cherchait. La femme en profita pour se lover contre l'homme. L'homme serra lentement la femme dans ses bras. La femme sanglota tout bas. Les petits yeux de l'homme s'ouvrirent doucement sous la clarté de la lune et se mirent à briller d'un éclat étrange. En vérité, il ne pouvait pas tenir sa résolution. Il était incapable de repousser la demande de la femme et les intentions complexes dont elle était porteuse. Bian Rongda était fichu ! Il ne pouvait plus se sauver du naufrage. Il ne pouvait plus résister ni se venger. Il ne pouvait plus garder rancune. Il

1. "Menons une lutte acharnée", slogan célèbre de l'ère maoïste.

ne pouvait plus maîtriser la situation. Tant de résistances et de luttes avaient été réduites à néant par d'innombrables nuits comme celle-ci. Toutes les humiliations et toutes les souffrances avaient été acceptées peu à peu comme une fatalité. Elles étaient devenues des habitudes.

L'habitude est une chose ô combien puissante, ô combien redoutable !

CHAPITRE III

DE L'UNITÉ DE TRAVAIL, DE WANG QI, DU MONDE EXTÉRIEUR

Grâce au ciel, Bian Rongda avait été affecté dans une bonne unité : le comité provincial de Coopération scientifique et technique. Cette année-là, le jour même où il se présenta dans cette unité, il obtint un large bureau de couleur pourpre, un encrier, un porte-plume, du papier, des carbones, des feuilles de stencil, des plaques et une ronéo. Son dossier l'avait précédé. Les dirigeants avaient déjà étudié soigneusement les pièces qu'il contenait, ils avaient décelé en lui une graine de lettré et lui avaient confié le poste d'agent chargé de la propagande culturelle. Bian Rongda aimait beaucoup son travail. Et cet amour était précieux, car son unité représentait une assurance pour toute sa vie.

Le comité provincial était vraiment un endroit merveilleux. Un bâtiment de style soviétique construit dans les années 1950. Une grande cour au milieu de laquelle poussait un vieux cèdre de l'Himalaya. On allumait la chaufferie à trois heures du matin. A six heures du matin, la cantine commençait à vendre des petits-déjeuners. Les petits pains à la vapeur de deux onces, tout fumants, ne coûtaient que 3 centimes pièce. La bouillie de riz et les légumes salés étaient gratuits. Chacun se servait librement à la marmite. Pour la fête du Travail du 1er mai, un repas était offert. Pour l'anniversaire du parti, le 1er juillet, un repas offert. Pour l'anniversaire de la création de l'Armée rouge, le 1er août, un repas offert. Pour la Fête nationale du 1er octobre, un repas offert. Pour le Nouvel An, la fête du Printemps, repas offert également. Pour la journée des Femmes, le 8 mars, les camarades femmes avaient droit à un jour de congé et recevaient des places de cinéma. Les camarades hommes consacraient une demi-journée à faire le ménage à fond dans les bureaux et pouvaient se reposer eux aussi l'autre moitié de la journée. Pour la fête des Enfants, le 1er juin, l'unité fournissait des véhicules pour emmener les enfants des employés au zoo. Ceux qui n'avaient pas d'enfants pouvaient partir plus tôt, rentrer chez eux se reposer et essayer de faire des enfants – c'était une plaisanterie qui faisait beaucoup rire tous les collègues, sauf lui : Bian Rongda n'aimait pas rire. D'autant que son épouse, Huang Xinlei, faisait des fausses couches à répétition et que c'était pour eux un sujet ultrasensible. Toutefois, cela n'empêchait pas Bian Rongda de se sentir à l'aise et détendu sur son lieu de travail.

Car c'était une unité où l'on se sentait à l'aise et détendu. Chaque jour, chacun savait ce qu'il avait à faire. Si l'on accomplissait un travail exceptionnel, on avait droit aux félicitations de ses collègues et aux louanges des dirigeants. Ceux-ci étaient des dirigeants tels qu'on les imagine. Le secrétaire du parti et le directeur étaient de vieux camarades respectés de tous, qui savaient faire preuve à la fois de bienveillance et d'autorité. Vêtus du costume de cadre traditionnel, toujours très soignés, ils écoutaient avec attention les rapports d'activité et les comptes rendus idéologiques de leurs subalternes. Quand un problème se présentait qu'ils étaient en état de résoudre, ils ne faisaient pas de promesses immédiates, mais ils réussissaient très rapidement à satisfaire la demande ou à fournir une réponse. Il y avait dans leur façon d'agir un esprit de sérieux, un sens des responsabilités et de la parole engagée qui traduisaient la force et le prestige du parti et de l'organisation. Tout suivait son cours méthodiquement, sous le regard attentif de l'organisation. Même pour une simple coupure au doigt, l'infirmerie vous fournissait aussitôt de la teinture d'iode. La commission des femmes du syndicat venait régulièrement vous interroger :

— Ton épouse va bien ? Elle prend la pilule ou elle porte un stérilet ? Tu as besoin de préservatifs ?

Au début, Bian Rongda rougissait, mais il cessa bientôt de rougir : dans son unité, tous les employés mariés se voyaient soumis à ce genre d'interrogatoire rigoureux. Le contrôle des naissances était une politique d'Etat, et c'est ainsi que l'unité en vérifiait la mise en œuvre. L'unité était comme un immense appareil de précision où tous les engrenages, petits et grands, étaient entraînés dans un mouvement puissant, et dont le fonctionnement bien huilé évoquait dans l'esprit de ce garçon jeune et sensible qu'était Bian Rongda celui de la machine d'Etat. Son sentiment de fierté, son idéologie participative, son esprit de sacrifice, son désir de réussite naquirent de là spontanément.

Les humiliations et les douleurs secrètes de sa vie affective devinrent le moteur de son travail. Bian Rongda travaillait comme un forcené. Les associations scientifiques placées sous la tutelle de son unité étaient réparties dans toute la province. Grandes ou petites, disséminées un peu partout, on en comptait plus d'un millier. Chaque jour elles donnaient naissance à une grande quantité d'inventions et de réalisations remarquables.

Quand il ne classait pas des documents, Bian Rongda usait de son talent littéraire pour rédiger de petites pièces en prose, beaucoup plus vivantes. Ces petites pièces tombèrent entre les mains du directeur qui était un homme d'expérience. Il les jugea aussitôt dignes d'être publiées et il prit en outre l'initiative d'y apposer le cachet de l'unité et de les envoyer à la rédaction du journal de la province. Les textes de Bian Rongda parurent peu de temps après. Bian Rongda avait déjà réussi à en faire publier, mais seulement dans des publications à l'échelon du district. Accéder à l'échelon provincial, c'était une autre affaire ! Au bureau, les journaux, encore imbibés de l'odeur de l'encre fraîche, passaient de main en main, et son nom se répandit comme une traînée de poudre dans toute l'unité. Lorsqu'il faisait la queue à la cantine, il se trouvait toujours un collègue inconnu pour s'approcher et lui dire en plaisantant qu'il voulait serrer la main du lettré et bavarder avec lui, pour capter un peu de son fluide. Bian Rongda fut rapidement promu au grade de sous-chef de section et fut en outre nommé membre du comité de la Ligue de la jeunesse communiste de l'unité.

Son affectation à un certain grade avec les tâches y afférentes fit encore monter d'un cran l'ardeur au travail de Bian Rongda et lui fournit un espace supplémentaire où exercer ses talents. Il organisa pour les éléments les plus brillants de la Ligue de la jeunesse une excursion aux monts Jinggang[1], afin de "marcher sur les traces de la révolution". Ils visitèrent aussi Shaoshan, le village natal du président Mao, et s'inclinèrent devant le lieu où "s'était levé le soleil rouge".

1. Massif limitrophe des provinces du Hunan et du Jiangxi, qui abrita la guérilla communiste de Mao de 1927 à 1929.

Debout à la pointe de l'île de l'Orange[1], à Changsha, Bian Rongda fit dresser le poing aux jeunes gens, face à la Xiang, puis leur fit réciter le poème du président Mao, "Changsha : sur l'air de *Qin yuan chun*" :

Tous étudiants, au seuil de la jeunesse,
En pleine floraison de tournure et d'esprit,
Débordant d'une fougue écolière,
Nous étions portés à briser toute entrave.
Nous montrions du doigt nos champs, nos rivages ;
Par nos écrits s'exaltaient les courages,
Nous comptions nos seigneurs comme poussière immonde.
Vous en souvient-il ?
Au milieu du courant nous attaquions les ondes,
En soulevant des flots contre l'envol des barques[2].

Pour Bian Rongda, cette déclamation à perdre haleine, si vibrante d'émotion qu'elle lui tourna la tête, fut un moment de libération inoubliable. En un instant, il cria toutes les douleurs, toutes les humiliations et les contrariétés de sa jeune existence ainsi que les grandes espérances qui l'habitaient. Le soleil couchant sur la Xiang, si grand, si rond, si rouge, en fut témoin, à cette minute, l'esprit de Bian Rongda débordait littéralement d'amour et de loyauté envers l'unité qui l'employait. Car selon la logique du moment : l'unité c'est la cause, la cause c'est le bien du parti, le bien du parti c'est le bien du pays, du peuple et de soi-même.

La cellule de la Ligue de la jeunesse communiste conduite par Bian Rongda fut élevée par le comité de la Ligue du Hubei à la dignité d'"unité

1. Ilot sablonneux situé au milieu de la rivière Xiang, qui traverse Changsha (province du Hunan).
2. Poème composé en 1925, cité d'après la traduction de Ho Ju : Mao Tsé-toung, *Poèmes*, Editions en langues étrangères, Pékin, 1978, p. 1-2.

modèle unique pour la province". La photo de Bian Rongda et de ses compagnons fut exposée dans l'auditorium du comité provincial du parti pour que chacun pût la contempler et s'en inspirer. Bian Rongda, plus actif que jamais, prit le risque d'expérimenter de nombreuses idées nouvelles comme la création d'une banque de données sur les inventeurs et celle d'une équipe chargée de collecter les projets les plus audacieux, afin de permettre la mise au jour, le tri et l'exploitation des ressources et des talents dans les diverses disciplines scientifiques et techniques nécessaires à la construction du pays. Ses idées retinrent l'attention des spécialistes concernés au sein de l'Académie des sciences à Pékin, lesquels n'hésitèrent pas à lui téléphoner directement. Pour Bian Rongda, ce fut la gloire. Lorsque le secrétaire du parti du comité se rendit en mission à Pékin auprès de l'Académie, il emmena Bian Rongda avec lui. Or de quoi un homme a-t-il besoin, sinon de briller et de s'attirer, par ses succès, la considération des dirigeants, l'attention de la société et la reconnaissance de personnalités, de façon à se sentir chaque jour plus important ? La cause ! C'est sans doute grâce à elle si, pendant les sept années où Huang Xinlei n'avait cessé de faire des fausses couches, Bian Rongda ne s'était pas totalement effondré.

L'avantage d'une cause, c'est qu'elle procure nécessairement une vie riche et variée. Pendant un temps, la jeune Ke, de l'Association municipale des sciences, que tout le monde appelait Petite Colombe[1], vint au comité provincial pour y préparer

1. A cause de la proximité phonétique des caractères *Ke*, nom de famille, et *ge*, colombe.

une manifestation. A chacune de ses visites, elle commençait par se précipiter dans le bureau de Bian Rongda. Petite Colombe était une jeune fille d'un tempérament malicieux qui adorait parler et rire, et qui avait un rire délicieux. Même pour raconter des événements malheureux, le ton de sa voix était euphorique. A vrai dire, au fond de lui-même, Bian Rongda avait gardé un faible pour ce genre de filles. Derrière leur fraîcheur, leur vigueur, leur beauté se profilait l'ombre de Huang Xinpei. Jusqu'au jour où Petite Colombe tricota pour Bian Rongda un pull que, sans lui laisser le temps de protester, elle l'obligea à essayer. Bian Rongda se rendit compte alors qu'il se trouvait dans une situation délicate. Normalement, une jeune fille ne tricote pas sans raison un pull pour un camarade homme. Bian Rongda ôta le pull, le rendit à Petite Colombe et se résolut à dire à la jeune fille qu'il était marié. De grosses perles jaillirent comme d'une source des yeux lumineux de Petite Colombe et roulèrent une à une sur ses joues. Bian Rongda était aux cent coups. Totalement pris au dépourvu, il ne savait s'il devait essuyer ses larmes. Ce tendre embarras et cette tendre douleur étaient des sensations bien agréables : Bian Rongda commença à comprendre qu'il n'était pas si gringalet que cela, ou qu'au moins sa petite taille n'occultait en rien son charme.

La ville lui était devenue familière et proche. Bian Rongda parcourait les deux rives[1] du grand fleuve de long en large, avec une énergie débordante. Il ignorait la fatigue. Il lui arrivait souvent de rencontrer des personnes de sa connaissance dans les artères commerçantes ou dans les autobus. Elles l'interpellaient d'une voix forte comme

1. Wuhan est née de la réunion des villes de Wuchang, Hankou et Hanyang, situées de part et d'autre du Yangzi.

si c'était un honneur de le connaître. Et Bian Rongda, qui était resté peu loquace, réagissait toujours avec beaucoup de flegme. Il leur adressait un signe de tête ou leur étreignait la main avec une certaine force pour les remercier de l'amitié qu'elles lui témoignaient. Il appréciait tout particulièrement les réunions des correspondants de presse extérieurs organisées par la rédaction du journal. Il brandissait sa carte de correspondant devant le poste de garde pour se faire reconnaître, sans avoir à ralentir le pas, et entrait dans les lieux l'air dégagé. La rédaction, c'était la voix du parti dans la ville, la passe stratégique de l'idéologie et c'est cette passe qu'il franchissait d'un air dégagé ! Les correspondants de presse, des hommes ou des femmes de valeur, venaient de tous les corps de métier. Quand ils se réunissaient autour d'une table, la façon dont ils étaient habillés et dont ils s'exprimaient les distinguait du commun des mortels. Dans cet endroit, Bian Rongda se fit beaucoup d'amis. On fumait, on parlait des "grandes affaires de l'Etat", des faits divers, de la création littéraire et des potins concernant des personnages célèbres. Une dame toujours vêtue d'une jupe longue – Bian Rongda estimait que les femmes en longue jupe ne pouvaient se voir attribuer que le nom de "dame" –, posée, l'air ténébreuse, jetait sur Bian Rongda des regards appuyés. Ce dernier remarqua d'abord son teint et sa constitution robuste. Son regard brillait et elle s'exprimait d'une voix énergique. Un jour, Bian Rongda découvrit qu'on avait glissé dans son carnet de notes un billet ainsi libellé :

Ne crains pas à l'avenir de ne pas trouver d'ami.
Personne en ce bas monde n'ignore qui tu es[1].

1. Vers tirés d'une œuvre de Gao Shi (706-765), poète de l'époque Tang.

Une rédactrice du service du supplément interpella Bian Rongda en plaisantant :

— Eh, eh ! Rongda, il y a quelqu'un qui m'a posé des questions sur toi... Alors, tu es marié ou non ?

Bian Rongda, adoptant aussitôt un air honnête, répondit :

— Mais oui, mais oui. Tu as rencontré ma femme, d'ailleurs.

Comme on le sait, la devise de Huang Xinlei était : "Dans l'existence, il y a des fautes qu'on peut commettre et d'autres qu'on ne peut pas commettre, car il n'y a pas de retour en arrière possible. Aussi faut-il toujours réfléchir à deux fois avant d'agir." Bian Rongda n'ignorait pas que les fautes touchant à la morale privée relevaient de la deuxième catégorie. Mais ne pas vouloir commettre de faute ne veut pas dire qu'on ne rêve pas d'en commettre. Cela ne veut pas dire non plus que la faute ne puisse venir vous provoquer ni, *a fortiori*, que la faute ne soit pas troublante et séduisante. Un homme qui réussit, c'est comme un grand arbre qui se dresse dans la forêt du monde. Combien ce grand arbre abrite-t-il de fautes troublantes et séduisantes ! Et les fautes ne font que se multiplier à mesure qu'il se développe. Mais l'essentiel n'est-il pas d'éviter qu'il ne donne des fruits fautifs ?

Hommes, cette longue jupe qui flotte pour vous sur une avenue bruyante, au fond, c'est votre fierté.

Bian Rongda était de plus en plus passionné par son travail. Au fur et à mesure qu'il accumulait de l'expérience, qu'il gagnait en maturité et qu'il engrangeait les succès, une aspiration l'envahit : il souhaitait obtenir un travail qui représentât un défi supplémentaire. Il voulait devenir un très grand arbre ! Poussé par ce désir impérieux, Bian Rongda, d'ordinaire si avare de paroles, finit par se décider à aller trouver les dirigeants du comité et à leur livrer le fond de sa pensée. Il s'exprima en toute candeur : il souhaitait que l'organisation place une charge plus importante sur ses épaules, et que son travail lui fournisse davantage d'occasions de forger son caractère. De fait, il n'eut pas à attendre longtemps et reçut brusquement un ordre de mutation : il était affecté à l'Association de vulgarisation scientifique de la municipalité. C'est seulement en arrivant à son nouveau poste qu'il se rendit compte qu'il s'agissait d'une petite unité somnolente, chargée d'effectuer un simple travail de diffusion et d'éducation auprès de la population, en propageant les connaissances scientifiques élémentaires, comme l'histoire de l'électricité ou le moyen de s'abriter de la foudre. A l'évidence, Bian Rongda avait été renvoyé à la base. Totalement déprimé, il ne trouva d'autre moyen d'échapper à son ennui que de se remettre à sa collection de timbres. Quelques bons amis à lui parmi les correspondants de presse l'invitèrent à prendre un verre et à bavarder, pour lui changer les idées, et lui dirent :

— Mon pauvre Bian Rongda, tu as voulu prendre du galon ! Tu t'es fait une réputation dans ton travail, tu es même en position de dépasser tes chefs, il faut adopter une attitude de repli, ne pas craindre de rentrer la queue entre les jambes, t'efforcer d'avoir l'air toujours humble, afin que tes supérieurs relâchent leur vigilance. Il n'y a que comme ça que tu accéderas à un poste à responsabilités. Pourquoi te montrer aussi arrogant ?

Mais était-ce de l'arrogance ? Non. Bian Rongda souhaitait pour de bon en faire un peu plus ! Il avait pourtant été clair : il ne voulait pas de promotion, il ne voulait pas non plus occuper une fonction particulière. Il voulait simplement un poste qui lui correspondît mieux.

Naïveté, naïveté, naïveté politique ! Bian Rongda, rappelle-toi une chose : sur terre, il y a deux sortes de gens qui parlent par antiphrase – d'un côté les politiciens qui, lorsqu'ils disent “non”, veulent dire “oui”. De l'autre les putains qui, lorsqu'elles disent “oui”, veulent dire “non”.

Mais alors, songea Bian Rongda, est-ce à dire que quelqu'un qui recherche sincèrement un poste qui lui convienne mieux doit prétendre le contraire ? Impossible ! Bian Rongda devait retourner à son ancienne unité, il devait parler à nouveau à ses chefs. Il rentrerait sa queue entre ses jambes, il affecterait l'humilité, mais une chose était sûre : il fallait qu'il insiste à nouveau sur sa sincérité.

Quand il eut repris courage, Bian Rongda se présenta effectivement devant le comité provincial. Il s'était préparé psychologiquement à affronter les moqueries de ses collègues, et était résolu coûte que coûte à rencontrer les vieux dirigeants. Mais il y avait eu un changement de régime au comité. Le pays opérait une réforme du système économique et de nombreuses unités redondantes étaient soumises à une réduction d'effectifs et à une réorganisation. Le jour où il revint, la chaufferie était arrêtée et la cheminée ne fumait plus. Sur le sol de la cour, des documents volaient en tous sens. Plusieurs gros camions d'une usine de papier étaient en train de charger des dossiers, des revues et des livres, pour les transformer en pâte à papier et fabriquer du papier blanc tout neuf. Et dans la cuve allaient être brassés les textes écrits de la main de Bian Rongda, ses innombrables enthousiasmes, ses impulsions, ses idées curieuses, les ampoules qu'il s'était faites à force de graver des plaques à stencils, les cals sur l'index et les taches d'encre à jamais indélébiles laissées sur ses chemises blanches.

Bian Rongda devait se rendre à l'évidence : il n'avait pas beaucoup de chance.

S'il réussit à reprendre le dessus et à donner de nouveau toute sa mesure, ce fut grâce aux conseils, aux encouragements et au soutien puissant du vieux cadre Jiang Wuhan. Jiang Wuhan était le directeur adjoint du comité municipal des Sciences. Il avait participé à la révolution avant 1949, il avait tué des gens et il jouissait d'un prestige certain. C'était un très brave homme, avec le sens du devoir, qui avait pour article de foi dans la vie qu'il valait mieux être chef d'une petite structure que larbin dans une grande. Le vieux cadre retint longuement la main de Bian Rongda entre les siennes et dit d'un ton grave mais chargé d'émotion :

— L'or brille où qu'il soit ! J'ai entendu parler de vous et il y a longtemps que je voulais faire votre connaissance. Je sais depuis longtemps aussi que vous avez été victime de jalousies et qu'on a voulu vous écarter. Quant à moi, j'apprécie votre talent littéraire et votre façon de dire et de faire les choses avec franchise. Mon petit, nous allons mettre sur pied une association des souffleurs de verre ! Je me fais vieux : à vous de "continuer la lutte" et de "réaliser de nouveaux exploits" !

Rencontrer un dirigeant d'une telle générosité et d'une telle largeur d'esprit est un événement aussi rare qu'imprévisible dans la caste bureaucratique. Bian Rongda avait une certaine expérience et connaissait l'importance du hasard.

Il accepta donc la proposition de Jiang Wuhan, retroussa ses manches et se mit à l'ouvrage. Il recommença à partir tôt le matin et à rentrer tard le soir, passant une partie de la nuit à rédiger des rapports et des dossiers. Portant la serviette du camarade Jiang Wuhan, il sillonna Pékin, la province, la municipalité, et se rendit chez plusieurs dirigeants importants. Et leurs démarches finirent par aboutir, donnant naissance à l'Association des souffleurs de verre ! Le siège occupait la moitié d'un petit immeuble. Les deux premières années, la direction provinciale des Finances couvrit la totalité de leurs frais et le bureau des personnels leur fournit les employés compétents nécessaires. Jiang Wuhan cumulait les fonctions de secrétaire du parti et de président de l'association. Quant à Bian Rongda, il fut nommé secrétaire général et directeur du bureau de l'association, ce qui représentait aussi deux lourdes charges à assumer conjointement, et il passa du grade de sous-chef de section à celui de chef de section. Même s'il n'avait pas bénéficié d'une promotion extraordinaire et si, par rapport à l'utilisation que Jiang Wuhan faisait de sa personne et par rapport au travail qu'il fournissait, ni maître Bian, ni la tante Chen, ni Huang Xinlei ne furent satisfaits, Bian Rongda, quant à lui, était très content. Il se moquait de n'avoir eu qu'une faible promotion. Ce qui lui importait davantage, c'est qu'on lui eût confié un poste où il pût utiliser à plein ses capacités. Il avait fait sienne également la philosophie de l'existence de Jiang Wuhan : plutôt chef d'une petite structure que larbin dans une grande. Bian Rongda était devenu en effet l'administrateur général du bureau de l'association et l'administrateur général de l'association tout entière, c'est-à-dire qu'il détenait le pouvoir réel. Quand il invitait ses amis correspondants de presse à dîner pour leur rendre la politesse, il pouvait amener le comptable et régler par chèque. Ils lui avaient fourni une aide essentielle dans ses démarches et, s'il n'avait pas été en mesure de leur offrir un repas, il en aurait été très contrarié. Le fait de pouvoir s'en acquitter le rendait plus serein. L'époque était en train de changer. Travailler dans la sérénité était un signe essentiel de réussite.

Hélas, Jiang Wuhan fut emporté par la maladie et ce fut Yan Mingjia qui lui succéda comme secrétaire de la cellule du parti. Yan Mingjia n'avait pas encore cinquante ans lors de son entrée en fonctions. Il se teignait les cheveux en noir, se mettait de la laque et portait des costumes à l'occidentale et des cravates voyantes. A son arrivée, il bluffa Bian Rongda. Chaleureux et grand seigneur, il assénait avec autorité les slogans du moment : "les trois protections devant sa porte[1]", "les cinq exigences et les quatre beautés[2]", "les quatre principes fondamentaux[3]", "la triple représentativité[4]", "chat blanc, chat

1. Chaque unité et chaque foyer doit s'occuper de l'hygiène, des espaces verts et de l'ordre public devant sa porte.
2. Les cinq exigences : comportement civilisé, politesse, hygiène, discipline et moralité. Les quatre beautés : beauté de l'âme, du langage, des actes et de l'environnement.
3. Maintien de la voie socialiste ; maintien de la dictature du prolétariat ; maintien de la direction exercée par le parti ; maintien du marxisme-léninisme et de la pensée-maozedong.
4. Selon cette théorie, le parti communiste a représenté, représente et représentera toujours en Chine les forces productives les plus avancées, la culture la plus avancée et les intérêts fondamentaux du peuple.

noir[1]", "la pierre de touche reste le développement[2]", "propositions concernant le renforcement de la compétitivité de notre entreprise et les moyens de représenter la culture avancée". Ses interventions étaient imprimées à l'avance sous forme de brochures afin que lors des réunions chacun ait le texte entre les mains. Après la réunion, le texte était envoyé aux dirigeants et aux bureaux concernés de la province et de la municipalité, à l'Assemblée nationale, à la CCPPC[3], aux départements jumelés ainsi qu'aux principaux médias : chaînes de télévision et rédactions de quotidiens. Yan Mingjia tapait sur l'épaule de Bian Rongda, s'adressait à lui familièrement, se montrant parfaitement cordial et confiant. Désormais, Bian Rongda préparait la matière des allocutions de Yan Mingjia. Il faisait imprimer ses brochures, les diffusait auprès des différents services, les mettait sous pli et les envoyait au centre de distribution. Il y avait toujours un événement en préparation pour lequel il tentait d'obtenir un large soutien de la part des entreprises. La cérémonie inaugurale de chaque événement devait être ronflante et pompeuse. Il fallait déployer toute l'énergie possible pour obtenir la présence des dirigeants concernés de

1. "Qu'importe qu'un chat soit blanc ou noir, du moment qu'il attrape les souris." Devise préférée de Deng Xiaoping, qui marque le primat de l'efficacité économique sur l'idéologie, et qui fut réactualisée par lui en 1978.
2. Parole de Deng Xiaoping, prononcée lors d'une tournée d'inspection dans le Sud de la Chine, en janvier-février 1992. Voir "Points essentiels des propos tenus à Wuchang, Shenzhen, Zhuhai et Shanghai", *in* Deng Xiaoping, *Textes choisis*, t. III, Editions en langues étrangères, Pékin, 1994, p. 387.
3. Conférence consultative politique du peuple chinois.

la province et de la municipalité, inviter les journalistes des principaux médias à dîner, organiser des entretiens télévisés et favoriser la publication d'articles dans les journaux. Après l'inauguration, on pouvait enfin souffler. Bian Rongda se disait qu'une fois les réunions et les événements terminés, on passerait aux choses sérieuses. Mais les réunions et les événements de Yan Mingjia ne s'arrêtaient jamais. Certaines réunions se tenaient jusqu'en Russie. Au bout de plusieurs années de ce régime, Bian Rongda prit soudain conscience d'une chose : le travail des Yan Mingjia et consorts se résumait aux réunions et aux événements, lesquels ne servaient au fond qu'à voyager et à prendre du plaisir. En surface, le résultat n'était que tapage et vacarme creux.

Wang Qi avertit Bian Rongda : il y avait des gens qui appelaient leur unité "l'Association des souffleurs de vent".

Lorsque Wang Qi commença à grossir, Bian Rongda eut un choc : comment le ventre de la jeune secrétaire avait-il pu enfler comme si elle était enceinte ? En fait, Wang Qi était bel et bien enceinte. Elle se maria sans tambour ni trompette. Les collègues du bureau ne furent pas invités à trinquer pour célébrer l'événement, ils ne se cotisèrent pas pour faire des cadeaux et personne n'alla faire de bruit sous les fenêtres de la chambre nuptiale. En sa qualité de chef de bureau, Bian Rongda lui présenta toutes ses excuses. C'était en effet une négligence et une impolitesse graves de la part de l'organisation vis-à-vis d'un de ses membres. Mais Wang Qi déclara :

— Pourquoi vous excuser parce que je me suis mariée ? Le secrétaire Yan, ajouta-t-elle, est tout le temps parti en réunion ou en mission. Tous les cadres passent leurs journées à assister à des événements ou à en organiser. Comme on dit : Quand l'autel est vide, les fidèles cessent de prier ! Maintenant, il n'y en a plus que pour le mah-jong et les cartes, et les sorties en plein air. Qui se soucie encore de ces choses-là ? Je ne suis pas assez idiote pour me donner la peine d'aller dire à tout le monde : "Je me marie."

— Quoi qu'il en soit, répondit Bian Rongda, le mariage est un grand événement ! Je me rappelle l'année où je me suis marié, les collègues de mon unité sont tous venus de Wuchang à Hankou. Le bus était tombé en panne au pont Liudu et tout le monde a continué à pied jusque chez nous. Ils ont dû marcher plus d'une heure. Nous, on a attendu pendant tout ce temps et la cérémonie n'a commencé que quand tout le monde a été là. Et ça a été une fête ! Je m'en souviendrai toute ma vie !

— Chef Bian, réveillez-vous un peu ! L'époque du collectivisme, il y a longtemps que c'est terminé ! Une unité qui gaspille ainsi les deniers de l'Etat, ce n'est pas que je veuille jouer les oiseaux de mauvais augure ni vous porter la poisse, mais… tôt ou tard, elle sera dissoute !

C'est seulement avec Bian Rongda que Wang Qi était aussi mordante, aussi incisive, aussi directe, aussi virulente et aussi objective. Et c'est justement à cause de sa franchise et de la confiance qu'elle lui témoignait que Bian Rongda avait fait d'elle sa confidente. Quand ils s'étaient parlé cette fois-là, c'était à la fin d'une journée de travail. Dehors, il pleuvait à verse. Wang Qi était debout à côté de lui et, les mains dans le dos, bombait sans complexe son ventre légèrement proéminent, en attendant tranquillement que la pluie diminue d'intensité. Comme l'accalmie tardait à venir, elle retourna à son bureau pour jouer avec son ordinateur. Bian Rongda resta seul devant la fenêtre à regarder la pluie tomber. Tac-tac... les doigts de Wang Qi semblaient marteler le clavier au rythme de la pluie. Et tandis que ce rythme l'entraînait rapidement dans les méandres de la Toile, Bian Rongda se laissait conduire par lui vers les profondeurs du passé, du présent et de l'avenir, bien au-delà des apparences. Brusquement, Bian Rongda ne vit plus à quelle cause il se dévouait. Les encouragements de Jiang Wuhan à "réaliser de nouveaux exploits" résonnaient encore à ses oreilles et pourtant il ne parvenait plus à saisir ce qu'on entendait par "exploits" ! Oui, force était de reconnaître que l'Association des souffleurs de verre n'était plus qu'une enveloppe creuse qui dilapidait l'argent de l'Etat. Les réunions et les événements ne servaient qu'à remplir les états de service du fonctionnaire Yan Mingjia. L'esprit de masse avait disparu. Cela faisait quelques années qu'on n'avait plus célébré de mariage et qu'on n'avait plus entendu les cris d'un nouveau-né, on ne se mobilisait plus tous ensemble pour aider un collègue à déménager, on ne se retrouvait plus chez un camarade du Nord-Est pour confectionner des raviolis, plus personne ne pensait à distribuer des préservatifs. Les rues de la ville étaient devenues anonymes. Sur les avenues et dans les autobus, il était rare de rencontrer une personne de connaissance. Il suffisait de sortir deux fois dans la journée pour se sentir épuisé. Les amis correspondants de presse d'autrefois s'étaient depuis longtemps dispersés aux quatre vents. Les longues jupes tant affectionnées, qui sait quand leurs virevoltes s'étaient figées ?

La vie suivait son cours. Le fils de Bian Rongda grandissait un peu plus chaque jour. Par moments, celui-ci avait l'impression de perdre l'équilibre ou bien il éprouvait soudain des bouffées d'angoisse et de panique. Non, ce n'était pas seulement parce qu'il regrettait le passé ou que ses espoirs avaient été déçus ; ce n'était pas seulement parce que chaque jour dans les journaux il n'était question que de vols à main armée et de hauts fonctionnaires corrompus ; ce n'était pas seulement parce que la vie matérielle connaissait des transformations gigantesques. Bian Rongda était un homme solide. Depuis l'époque où son grand-père était venu en ville avec son chargement de poissons et de crevettes jusqu'aujourd'hui, la qualité première des hommes de cette famille avait été leur sens des réalités. Sans ce don particulier, Bian Rongda n'aurait jamais pu travailler consciencieusement pendant tant d'années dans le réseau des associations de sciences, et il n'aurait pas été capable de patienter pendant sept ans jusqu'à la naissance de leur fils, malgré les avortements à répétition de Huang Xinlei. Mais que se passait-il maintenant ? C'était comme si l'ordre naturel des choses était bouleversé, comme si un rendez-vous à ne pas oublier avait été oublié. On avançait dans le brouillard, sans perspective. Bian Rongda était dans la fleur de l'âge ; comment se faisait-il qu'il ne fût plus sûr de rien ? Soudain, sa main gauche devenait complètement molle et, malgré tous ses efforts, il ne parvenait plus à serrer le poing. Que devait-il faire pour retrouver la sensation familière ? pour réussir chaque jour à dormir profondément et à se réveiller détendu et serein ?

Bian Rongda l'ignorait. Wang Qi l'ignorait certainement aussi. Elle était encore trop jeune.

Quand la jeune Wang Qi était d'humeur maussade, elle allait parfois naviguer sur la Toile. Elle considérait qu'il suffisait de se connecter pour que les gens du monde entier viennent vous consoler. Pour Bian Rongda, au contraire, si tous les gens du monde venaient vous consoler, cela revenait à dire qu'il n'y avait en fait personne pour vous consoler. Les doigts, le cerveau, la langue, le climat intérieur et extérieur au moment où l'on frappait le clavier, tout cela pouvait-il être identique ? Cher ami, est-ce qu'il tombe aussi une pluie torrentielle là où tu te trouves ? Au moment où les mots arrivent à leur destinataire, leur sens a déjà changé. Il n'y a que le face-à-face qui soit vrai. Il n'y a que le face-à-face entre deux personnes, l'haleine, le souffle, les yeux, les cils qui puissent révéler de vrais états d'âme. Pas la peine de parler, pas besoin de langage, celui qui a besoin de consolation rencontre celui qui, justement, a besoin de consoler : seul ce genre de consolation, fruit d'une convergence naturelle, est à même de chasser les soucis et la peur. Wang Qi frappait son clavier, souriant sans retenue face à son écran. Ce sourire n'aurait pu consoler Bian Rongda. C'est pourquoi ils n'étaient jamais tombés amoureux l'un de l'autre. Huang Xinlei n'avait nulle raison de le soupçonner pour un oui ou pour un non, et encore moins de le menacer à mots couverts en brandissant sa devise favorite. Elle pensait que tous les hommes, au fond, étaient des voyous qui tombaient raides amoureux dès qu'ils rencontraient une jolie jeune femme. Mais c'était faux ! Archifaux ! Ils n'étaient rien d'autre que des hommes !

Son goût pour les femmes saines était un "complexe" dont Bian Rongda ne réussirait pas à se défaire sa vie durant. C'est par son air robuste que Wang Qi avait d'abord suscité l'intérêt et la surprise chez Bian Rongda. Le jour de son entrée à l'Association des souffleurs de verre, il l'avait vue arriver à l'autre bout du couloir. Wang Qi avait tout d'un petit animal sauvage plein de vigueur. Elle se déplaçait comme sur les coussins élastiques qu'on voit dans les cirques, marchant avec de légers rebonds. Ses chevilles, ses jambes, ses fesses, sa poitrine, ses épaules, chaque partie de son corps dégageait de l'énergie. Elle avait des cheveux denses d'un noir d'aile de corbeau, avec une mèche bouclée au beau milieu du front qui ondulait en une vague luisante. Wang Qi elle-même était très irritée par cette vague qu'elle n'arrêtait pas d'écraser. Bian Rongda, au contraire, aimait cette ondulation, naturelle, souple, répandant derrière elle une impression de jeunesse et de santé, et qui était surtout un signal pour la gent masculine : rien ne vaut une femme en bonne santé !

— Bian Rongda, quel beau nom ! s'exclama Wang Qi, avant de réciter : "La mer recueille des milliers de rivières, c'est sa tolérance qui fait sa grandeur ; la falaise se dresse haute de mille toises, c'est son absence de désir qui lui donne sa fermeté."

C'était la première fois de sa vie que son prénom n'était pas ignoré ou mal interprété, mais suscitait au contraire une compréhension et une admiration immédiates. Bian Rongda, qui avait acquis une certaine maturité, n'en fut pas ému outre mesure. Ce qui l'émut, ce fut que Wang Qi possédât cette capacité de compréhension et d'admiration.

Wang Qi fut le seul cadeau mais aussi le dernier regret et la dernière mélancolie que lui offrit l'Association des souffleurs de verre. Une femme peut être votre mère, votre épouse, votre fille ou votre amante. Ce qu'elle est le plus rarement, c'est votre amie intime. L'ami intime est l'ami qui ne vous cause jamais le moindre ennui. Après que l'Association des souffleurs de verre eut été dissoute, Bian Rongda éteignit son téléphone portable. Il ne téléphona pas à Wang Qi. Et Wang Qi ne l'appela pas non plus. Ils s'attendaient l'un l'autre. Ils attendaient que le moment le plus difficile fût passé. Ils attendaient de pouvoir se consoler en tête à tête.

Ce n'est qu'après son entretien à la société de cosmétiques Orbal que Bian Rongda téléphona à Wang Qi. Il avait alors une relative certitude sur son nouvel emploi : il devrait peut-être partir loin de Wuhan. Il se dit que le moment de rencontrer Wang Qi pour bavarder avec elle était venu. Ce coup de téléphone était à l'évidence ce que Wang Qi attendait. Sa joie était sensible dans le simple "allô" qu'elle prononça. Après les banalités d'usage, il l'invita à sortir ce soir-là prendre un café. Elle répondit :

— D'accord.

— Au Royal-Bermudes.

Elle se tut un instant puis finit par répondre :

— D'accord.

Elle voulait sans doute dire : "Pas la peine d'aller dans un endroit aussi cher." Mais elle craignait certainement de blesser son amour-propre de chômeur. Etant donné leur différence de situation, il fallait faire preuve de tact. Wang Qi grandissait elle aussi et elle perdait peu à peu sa simplicité. Bian Rongda trouva que c'était une bonne chose.

Que ce soit pour un café ou pour un magasin quelconque, "Royal-Bermudes" était un nom bizarre. Bian Rongda ne savait pas ce que signifiait ce nom, mais il savait que c'était le café le plus en vogue, le plus "tendance" et le plus cher de la ville. C'est la raison pour laquelle il l'avait choisi. Parfois, les gens n'ont pas le choix : c'est le prix qui représente leurs sentiments. Bian Rongda s'était dit : "Ça ne peut tout de même pas être si cher que ça pour une tasse de café."

Ce n'était pas la première fois qu'ils prenaient un café ensemble. Quand ils étaient dans la même unité, on allait prendre un café, le soir, après les réunions ou les événements. Mais c'était aux frais de l'unité et il y avait d'autres personnes présentes. Ils allaient se retrouver seuls pour la première fois, totalement et absolument seuls. Le monde change de taille facilement : une personne en plus ou en moins, et c'est un nouveau monde. Bian Rongda et Wang Qi avaient réellement pénétré dans un monde nouveau. Ils étaient assis l'un en face de l'autre. Ils riaient, puis ne riaient plus. La nappe à carreaux vert foncé, les bougies rouges allumées, les roses fraîches. Il y avait aussi une pendule ancienne qui était là pour la décoration. Elle était encore en état de marche et le son du ressort ressemblait à une musique. Cette vieille pendule toute jaunie était une grande source de consolation : il ne fallait pas craindre de vieillir ni de s'abîmer ; il fallait seulement patienter un certain temps, jusqu'à ce que l'âge fasse monter la cote. L'arôme du café était délicieux. Surtout celui qui venait des autres tables. Bian Rongda commanda pour Wang Qi plusieurs assiettes de fruits secs à grignoter. Wang Qi, gênée, dit :

— Ça va, ça va !

Ils parlèrent un peu de leur ancienne unité, mais ne poursuivirent pas. A vrai dire, il n'y avait plus grand-chose à ajouter sur l'Association des souffleurs de verre. Ils avaient l'un et l'autre beaucoup de griefs contre Yan Mingjia. Mais cet homme valait-il la peine qu'on dépense tant d'argent pour venir parler de lui ? Et ta famille ? Et ma famille ? C'étaient les thèmes de conversation les plus banals. Toutes les familles ont des secrets douloureux qu'il est impossible d'aborder avec d'autres. La famille est le sujet le moins adapté à une conversation entre amis : on ne réussit jamais à parler de la réalité, on se contente de soupirer en la regardant de loin. Et à quoi sert de soupirer ? Assis l'un en face de l'autre, n'ayant soudain plus rien à dire, ils commençaient à se sentir mal à l'aise. Ils buvaient café sur café. Wang Qi s'acharnait à écraser sa mèche bouclée. Elle était énervée. Elle répondit d'une voix neutre que son nouveau boulot "pouvait aller". Elle craignait que Bian Rongda ne souffre : à son âge il aurait du mal à trouver un emploi qui lui convienne. Il s'empressa de lui dire qu'il avait quasiment trouvé un travail. Elle lui demanda aussitôt :

— Où cela ?

Il allait lui dire : "A la société de cosmétiques Orbal", puis il ravala ses paroles. Il avait d'abord pensé que cela l'amuserait. S'il lui avait parlé d'Orbal, elle n'aurait certainement pas pu se retenir de rire car elle ignorait les projets de cette société et quelle tâche on allait lui confier. Mais il décida finalement de ne rien dire. Il avait été soudain gagné par la panique, ce qui paraissait sûr ne l'était plus. Orbal, *Mousse d'Orient*, le Tibet, 8 000 yuans de salaire mensuel, plus 1 000 yuans de prime d'altitude. C'était vrai ?

Non. Toutes les perspectives, proches ou lointaines, avaient l'air fausses. Lorsqu'un homme ne sait pas où il va, mieux vaut qu'il se taise ! Wang Qi n'insista pas. Elle contempla la pendule, l'air totalement inexpressive, puis lança :

— Si on chantait…

— Tu sais bien que je ne sais pas, répondit Bian Rongda.

— Moi non plus, se désola-t-elle. Je chante faux. Avant d'ajouter : Mais j'ai envie de tester mon courage, de voir si je peux t'offrir une chose que je n'arrive pas à faire.

Adorable Wang Qi, elle savait toujours vous surprendre par un mot charmant. Bian Rongda sourit :

— Alors, vas-y.

Wang Qi écrasa à nouveau la mèche bouclée qui barrait son front, se leva brusquement et se dirigea vers la scène. Elle s'empara du micro et l'approcha de ses lèvres, comme si elle allait à la fois le manger et l'embrasser. Au bout d'un long moment, elle soupira, reposa le micro et redescendit de la scène.

— Excuse-moi, dit-elle, décidément, je n'y arrive pas.

— Allez, je t'invite.

— Tu t'es toujours occupé de moi comme un grand frère. Mais aujourd'hui, je suis très contente, alors pas de politesses entre nous.

Bian Rongda lui jeta un regard en biais. Elle battit en retraite :

— D'accord. Après tout on ne te changera pas.

Mais à sa grande confusion, Bian Rongda eut beau sortir de sa poche tout l'argent qu'il avait sur lui, il en manquait encore un petit peu. Pour lui, il s'agissait d'un simple café, et il était loin d'imaginer qu'une petite assiette de graines de courge lui coûterait 50 yuans. Dans les cafés ordinaires, c'est tout juste 5 yuans. Bian Rongda était déboussolé. La consommation actuelle n'obéissait plus à aucune règle. Il n'y avait plus de règle pour rien. Impossible d'être tranquille, impossible de profiter de la vie, impossible de compter sur quoi que ce soit. Des graines ne sont jamais que des graines, ce n'était quand même pas de l'or ? Wang Qi intervint :

— Ça ne fait rien, ça ne fait rien !

Et elle compléta, comme si de rien était. Quand ils furent sortis, il s'aperçut qu'elle avait une voiture. Elle était venue toute seule, conduisant elle-même. C'était vraiment le cas de le dire : "On se quitte trois jours et l'on ne se reconnaît plus." Cela faisait à peine deux mois qu'ils ne s'étaient pas vus et Wang Qi avait appris à conduire. La voiture était une Fukang gris métallisé flambant neuve. Elle expliqua à voix basse que c'était un cadeau d'anniversaire de son mari. Pour être plus précis, il l'avait achetée à tempérament en empruntant à la banque. Et maintenant il fallait rembourser tous les mois, c'était très lourd. Wang Qi proposa à Bian Rongda de le raccompagner chez lui, mais il refusa énergiquement. Dans son esprit, il était plus convenable, plus sûr, plus élégant que l'homme raccompagnât la femme. Wang Qi comprit et se résolut à partir. C'est lui qui lui ouvrit la porte de la voiture et qui la referma. Juste avant de la refermer, il prononça cette phrase qui lui brûlait les lèvres depuis des années :

— Wang Qi, tu sais ce qu'il y a de plus charmant en toi ? Ta mèche… elle est ravissante !

— Merci ! répondit Wang Qi tout de go.

Bian Rongda fut très déçu. C'était la réponse d'une femme banale au compliment banal d'un homme banal. Or son compliment à lui n'était pas banal ; c'était une parole venue du fond du cœur qu'il refoulait depuis des années. Wang Qi ne pouvait pas être aussi écervelée. Non, elle ne pouvait pas être aussi écervelée, les graines de courge ne pouvaient pas être aussi chères, la conversation ne pouvait pas être aussi sensible et aussi contrainte, et Bian Rongda ne pouvait pas n'avoir que 300 yuans en poche. Ce soir-là, combien y avait-il eu de déceptions secrètes ? Comment la vie avait-elle pu modifier subrepticement le thème du rendez-vous ?

Bian Rongda attendait, debout, à l'arrêt d'autobus. Il tira coup sur coup plusieurs bouffées de sa cigarette puis l'écrasa. Au moment où il montait dans l'autobus, il se rappela qu'il n'avait pas de quoi payer son ticket. Faisant aussitôt semblant d'avoir oublié son sac, il dit :

— Excusez-moi, excusez-moi, j'ai laissé mon sac au Royal-Bermudes.

Pourtant, tout le monde pouvait voir qu'il avait son sac coincé sous le bras. Par chance, le chauffeur n'était pas d'humeur à se moquer de lui. Bian Rongda rentra à pied à la maison et marcha une bonne heure. Quand il arriva chez lui, il était déjà plus d'une heure du matin.

Huang Xinlei ne dormait pas. Elle ne posa pas de questions. Elle se contenta de le regarder de travers, ce qui signifiait à l'évidence qu'elle attendait une explication. Bian Rongda riposta, excédé :

— Eh ben quoi ? Depuis quand est-ce qu'on ne peut plus sortir de temps en temps avec des amis ? On ne les compte plus, de nos jours, les hommes qui sortent pour se distraire et qui ne rentrent pas de la nuit ! Qu'est-ce qu'il faudrait que je fasse ? Hein ? Ce soir, je n'avais pas le moral, alors j'ai traîné au café avec des amis. On a discuté un moment. Et voilà. Ça te va comme explications ? Je peux me coucher et dormir ?

Huang Xinlei répondit d'un ton glacé :

— Qu'est-ce qui me vaut cette humeur de chien ? Je ne t'ai fait aucun reproche. Pourquoi faut-il que tu me déverses ce flot d'arguments boiteux ?

Là-dessus, elle ferma les yeux, se tut et se roula en boule pour montrer qu'elle était lasse de cette guerre. Tenant son pantalon de pyjama – l'élastique était cassé –, Bian Rongda se sentit honteux d'avoir ainsi bluffé. "Des amis", "DES amis"... Pourquoi n'as-tu pas osé dire "un ami", "une jeune amie, Wang Qi" ?

Heureusement, la journée était passée. Demain serait un autre jour. Ce qui avait tout l'air d'un adage était en fait une réalité objective, sans plus.

ÉPILOGUE

Bian Rongda avait trouvé du travail, très simplement. La société de cosmétiques Orbal l'avait embauché. Tous ceux qui apprirent la nouvelle ouvrirent de grands yeux. Mais lui ne jugea pas utile de s'expliquer. Leur attitude prouvait seulement leur rigidité intellectuelle et leur ignorance. Comme si les cosmétiques ne concernaient forcément que les hommes pommadés et les femmes fardées !

"Très simplement", telle fut la réponse lapidaire que fournit Bian Rongda aux curieux qui le pressaient de questions. Les choses ne s'étaient évidemment pas passées aussi simplement que cela, cependant l'affaire n'avait pas été non plus très compliquée, elle avait pris une autre forme. Bian Rongda avait eu l'impression de participer à un jeu. Un jeu, c'était le mot juste. Grâce à cet entretien, il avait porté un regard neuf sur le jeu : au fond, c'était une chose très sérieuse. Les gens qui jouent bien doivent posséder un quotient intellectuel élevé, de l'humour, un esprit véritablement détaché et un courage à toute épreuve.

Bian Rongda pouvait bien le reconnaître maintenant : le jour où l'Association des souffleurs de verre avait été dissoute, il avait été frappé d'un coup de massue. Il avait quitté son bureau comme si de rien n'était, mais c'était de la simulation. Pendant les trois jours qui avaient suivi, il s'était rendu au bord du fleuve pour regarder l'eau couler comme si de rien n'était et c'était aussi de la simulation. Il n'avait pas fait semblant exprès, il l'avait fait d'instinct : la première réaction d'un homme qui vient d'être abattu, c'est de feindre le contraire. Pour être honnête, il devait une fière chandelle à la préposée au nettoyage ; cette rencontre au supermarché Carrefour lui avait ouvert les yeux au bon moment : l'existence était plus importante que tout. Car Bian Rongda n'existait pas seulement pour lui-même, il existait surtout pour ceux à qui il était uni par les liens du sang. Après plusieurs jours de réflexions douloureuses, il avait mis de côté les questions d'amour-propre et de statut social, ainsi que la rancune qu'il nourrissait à l'endroit de Yan Mingjia, et il avait commencé à chercher du travail. Avant de se lancer, il avait fait des préparatifs minutieux. Il avait calligraphié son curriculum vitæ sur du papier à imprimante de première qualité, avec de l'encre bleu-noir qui ne passe pas. Aujourd'hui, les gens utilisent des documents imprimés, si bien que l'employeur n'a aucun moyen d'en savoir plus sur votre personnalité et sur vos compétences. Ecrits au stylo, ses caractères étaient assez beaux. Quand il était petit, sous la houlette sévère de son père, il s'était entraîné dans la douleur à écrire en caractères semi-cursifs. Mais, contre toute attente, une fois sorti de chez lui, son curriculum vitæ aussi beau qu'un estampage de stèle[1] reçut à plusieurs

1. Les estampages des stèles où sont gravées des calligraphies célèbres servent de modèles d'écriture.

reprises un accueil glacial. Certains responsables du recrutement prenaient le CV, le balayaient d'un œil distrait et le rendaient à Bian Rongda. D'autres, sans se donner la peine de tendre la main pour prendre le papier qu'il leur présentait solennellement, lui faisaient comprendre d'un signe qu'il devait aller chercher un formulaire et le remplir. Soumis aux sollicitations muettes de Bian Rongda, certains recruteurs ébahis fuyaient son regard. D'autres – en particulier les femmes – ripostaient, comme si on les avait insultés, en disant : "Ça va pas, la tête ?" Lorsqu'il était dans de bonnes dispositions, Bian Rongda ajoutait à l'adresse de l'employé indifférent ce commentaire plein de sous-entendus : "C'est mon curriculum vitæ." Mais son interlocuteur reculait, méfiant : "Je sais. Posez-le là." Bian Rongda n'avait évidemment aucune envie de poser la pièce écrite de sa main avec tant d'application sur ces comptoirs de fortune rudimentaires et sales. Que ce soit au milieu de la foule compacte des grandes foires de reclassement pavoisées de toutes parts ou dans les marchés au recrutement couverts de banderoles rouges où l'on prétendait accueillir à bras ouverts les gens qualifiés, Bian Rongda n'obtenait jamais la considération et le respect voulus. Après plusieurs expériences de ce genre, il eut tôt fait de comprendre que toutes ces unités et entreprises ne cherchaient pas le moins du monde à recruter. Elles profitaient de ces manifestations de grande ampleur pour se montrer, pour s'afficher et se faire de la publicité. Autant dire qu'il n'avait aucune chance d'être pris au sérieux. Ces gens-là se pressaient devant les caméras de télévision, cherchaient à tout prix à serrer la main aux dirigeants de la province et de la municipalité venus faire leur tour d'inspection et traitaient tout le monde par-dessous la jambe tout en feignant de se passionner pour l'événement. D'où sortait-il ? N'avait-il pas encore compris la combine ? Tous leurs coups tordus, tous leurs foutus bobards, cela ne pouvait rien donner de bon. Le mieux qu'il lui restait à faire, c'était de renoncer à vouloir sauver les apparences, et d'aller voir ses amis pour tenter de trouver une issue. Au départ, il n'avait aucune envie de leur faire savoir dans quelle dèche il se trouvait, mais à bien y regarder, seul un ami était en mesure d'apprécier sa valeur, son talent et ses compétences. Quand on rencontre un ami, ça n'a naturellement plus rien à voir : c'est joyeux ! Il vous serre la main, il blague, il vous fait asseoir, il vous prépare du thé. Cependant, une fois que Bian Rongda eut exposé en hésitant le motif de sa visite, l'humeur de l'ami en question s'assombrit !

— Rongda, lui dit-il, on va déjeuner ensemble, d'accord ? Je t'invite, d'accord ? On va se prendre une bonne cuite tous les deux, d'accord ? Et on ne parle pas du reste, d'accord ? Tu as du talent, je le sais bien, tu as de l'expérience, je le sais bien, tu as une belle plume, je le sais aussi. Je vais te parler franchement, mon pote : tu as quarante et un ans. Aux postes qui te conviennent, on ne veut plus que des jeunes de vingt, trente ans. Autrement dit, “chat noir ou chat blanc”, passé quarante ans, tu es un vieux chat. Maintenant, c'est quoi la loi d'airain ? C'est la jeunesse. Tu trouves ça cruel ? Mais c'est la réalité !

Le repas qu'il fit au restaurant de l'hôtel du Nouveau-Siècle fut sa dernière rencontre avec un ami. Encore avait-il fallu que celui-ci lui téléphone d'abord, l'invite très courtoisement à venir le voir, dans l'idée que Bian Rongda l'aide à concevoir les rubriques du journal de son entreprise. Etait-ce l'occasion attendue ? Le Nouveau-Siècle, établissement quatre étoiles, d'aspect luxueux, était un complexe d'hôtellerie, de tourisme, de restauration et de loisirs. Dans cette société, l'ami de Bian Rongda était le rédacteur en chef du journal d'entreprise. Mais comment aurait-il été capable de publier un bon journal, lui qui faisait autrefois écrire ses lettres d'amour par Bian Rongda ? Si ce dernier avait mis la main à la pâte, sans se vanter, il aurait aussitôt grandement amélioré la qualité littéraire du journal.

On l'aura deviné, les rêves de Bian Rongda se soldèrent par un nouvel échec. L'ami lui-même était dans une position très fragile : de graves divergences s'étaient fait jour au sein du conseil d'administration de la société concernant l'existence du journal, et l'ami souhaitait faire un coup d'éclat en sortant une édition magnifique, afin d'émouvoir les calculatrices à pattes du conseil d'administration qui ne juraient que par l'argent et se moquaient de la culture ! Lorsqu'il mit Bian Rongda au courant, il était si tendu qu'il était au bord des larmes. S'il perdait son travail, comment paierait-il le traitement de sa fille atteinte d'une néphrite ? Comprenant la situation, Bian Rongda faillit se trouver mal, mais il tint bon, ne dit rien de la position difficile dans laquelle lui-même se trouvait et fit du mieux qu'il put pour suggérer un plan de bataille à son ami. Le repas auquel l'ami l'avait convié était un menu servi dans des boîtes, offert gratuitement par la société ; l'ami avait acheté en plus des canettes de bière. Les deux copains engloutirent le contenu de leur boîte et burent copieusement. Bian Rongda n'ajouta plus rien.

Au moment où Bian Rongda, titubant, poussait la porte à tambour du hall de l'hôtel pour sortir, il avisa par hasard une offre d'emploi de la société de cosmétiques Orbal affichée sur un panneau au milieu du hall. L'annonce était rédigée en termes simples et directs : "La société française Orbal expose au premier étage de l'hôtel ses toutes dernières lignes de produits de beauté. Elle recrute en outre des collaborateurs désireux de participer à la recherche et au développement de sa ligne *Mousse d'Orient*. Bienvenue aux visiteurs !" Il fut soudain poussé sur le côté, tandis que la porte à tambour recrachait une bande de jeunes gens des deux sexes. Ils portaient des blue-jeans, des blousons noirs, des baskets de marque et des sacs à dos à la mode. Leurs cheveux volaient au vent, noirs ou décolorés. Ils se montrèrent l'annonce de recrutement et, au milieu des rires et des éclats de voix, se ruèrent vers le premier étage. Dans les vapeurs de l'alcool, Bian Rongda songea : "Vous pensez que le monde vous appartient[1] ? Peut-être, mais à nous aussi !" Et, soudain remonté, il se précipita à son tour au premier étage.

L'air du premier étage était saturé de parfum. Les demoiselles de l'accueil, portant costume à l'occidentale et souliers de cuir, s'exprimaient d'une voix flûtée et faisaient assaut de courtoisie. De temps en temps, un Français entrait ou sortait avec des documents à la main. Les jeunes gens

1. Allusion à un mot de Mao, prononcé à Moscou en 1957, devant des étudiants et des stagiaires chinois, et repris dans le *Petit Livre rouge* : "Le monde vous appartient. L'avenir de la Chine vous appartient."

qui venaient pour l'embauche avaient d'eux-mêmes formé une longue queue pour obtenir un formulaire. Assis sur la moquette le long du mur, d'autres jeunes gens étaient en train de remplir le leur. Tous très jeunes ! Les caractères dont ils couvraient leur feuille étaient beaucoup plus vilains que leurs jolis minois. Bian Rongda eut envie de s'amuser. Il se dit : "Je suis vieux, mais mon écriture est jeune et belle." Usant du privilège de l'âge, il dit en plaisantant à l'une des hôtesses :

— Je peux avoir un formulaire pour mon fils ?

La fille, qui avait le sens de l'humour, répondit :

— Bien sûr. Vous pouvez aussi en prendre un pour vous. Chez Orbal, tous les candidats ont leurs chances.

Bian Rongda, qui essuyait depuis deux mois les refus, les moqueries et l'indifférence, fut pris d'une folle envie d'embrasser la jeune fille sur le front, mais l'étiquette chinoise n'autorise pas de tels débordements. Il en fut donc réduit à exprimer sa gratitude sur le formulaire qu'elle lui avait tendu. Aussi mit-il tout son zèle à remplir ce simple document. Ses caractères, calligraphiés au stylo, étaient très, très beaux. En rendant le formulaire, Bian Rongda continua à plaisanter :

— Ce que je voulais surtout, c'était montrer mon écriture.

La jeune fille examina le formulaire et s'exclama, ébahie :

— Ouah !

Aujourd'hui, Bian Rongda avait envie de s'amuser. S'il s'était appliqué pour l'écriture, tout le reste en revanche était totalement improvisé. Lieu de naissance : Lhassa, Tibet. Age : trente-huit ans. Spécialités : conception de projets, planification, organisation, rédaction, calligraphie, littérature, sport, réflexion, jugement artistique. Expérience professionnelle : publication d'œuvres littéraires, quelques-unes ; création de l'Association des souffleurs de verre, sept ans ; conception et organisation réussies de réunions d'étude et d'expositions sur l'art du verre, plus d'un millier de fois ; travail primé par les unités de tutelle, plus d'un millier de fois ; travailleur modèle de la municipalité de Wuhan et exemple donné à étudier à la jeunesse par le comité provincial de la Ligue.

Pourquoi Bian Rongda avait-il voulu se faire naître à Lhassa ? C'est très simple : maintenant, il détestait Wuhan. Sur la table de cette charmante jeune fille, sous le tortillon qui brûlait, une étiquette disait : "Parfum de la mousse d'Orient, mousse provenant des temples tibétains." Bian Rongda aimait bien l'expression "mousse provenant des temples tibétains". Et, en mêlant le vrai et le faux, il s'était transformé en un nouveau Bian Rongda selon ses vœux, plus jeune de trois ans.

Après avoir poussé son "ouah !", la jeune fille ne se débarrassa pas de lui avec un sourire. Elle lui demanda d'attendre un moment et, armée de son formulaire, alla trouver un Français d'un certain âge. Bian Rongda sentit alors brusquement son cœur battre à grands coups : il réalisait qu'il était en train de postuler pour un emploi, et il avait le pressentiment qu'il allait être choisi ! Il avait totalement recouvré ses esprits. Il resta debout, très digne, espérant avoir la possibilité de s'excuser auprès de la jeune fille et de lui expliquer toute l'histoire. Peu après, marchant sur les talons de la jeune fille, le Français vint vers lui, l'air encore plus digne.

— Vous pouvez fournir les preuves de tout ce que vous affirmez dans le formulaire ?

Bian Rongda avait le dos au mur :

— Et si je peux apporter les preuves ?

— Nous vous prierons de venir pour un entretien, répondit l'homme.

Le sourire de la jeune fille rayonnait comme un soleil, qui réchauffait le cœur de Bian Rongda.

Il bipa le mari de la cireuse de chaussures. En trois jours, il obtint de nouveaux papiers, qu'on n'aurait pu distinguer des vrais. En même temps, par l'intermédiaire de la société d'un ami, il réussit à récupérer son dossier individuel conservé au centre de reclassement, et en fit refaire un. Pour quelqu'un comme lui qui avait plus de dix ans d'expérience professionnelle, tout cela ne posa aucune difficulté.

La société française de cosmétiques Orbal avait pénétré sur le marché chinois depuis une dizaine d'années. Elle avait trouvé un potentiel immense, et pour répondre aux besoins des consommateurs chinois elle n'avait cessé de créer de nouvelles lignes de produits de beauté. La ligne qu'elle s'apprêtait à lancer était *Mousse d'Orient*. Il s'agissait de produits d'une finesse exceptionnelle, mis au point spécialement pour les Orientales, dont l'épiderme est très délicat, et pour les femmes du monde entier qui cherchent à avoir la peau fine. Des parfums raffinés et subtils et de la mousse recueillie dans les temples tibétains avaient été spécialement élaborés pour les femmes distinguées, non conventionnelles. La société Orbal avait maintenant besoin d'un employé qui supporte le climat du Tibet, pour aller sur place récolter et étudier la mousse : on le photographierait et on le filmerait en situation, en train de recueillir la mousse dans les temples. Aussi, outre son expérience professionnelle, il devrait avoir, autant que possible, un visage typiquement chinois : des traits peu marqués, la peau bronzée, de petits yeux, l'air indifférent et un regard brillant de sagesse rusée. Les photos seraient insérées dans la brochure de promotion et le livret d'accompagnement de *Mousse d'Orient*. Ces documents ne feraient pas partie de la campagne publicitaire à destination du grand public et seraient seulement utilisés par le département marketing de la société pour l'exploitation sur le marché mondial. Les conditions offertes étaient les suivantes : la société fournirait le logement au Tibet, les vêtements de travail ainsi que le repas de midi. Le salaire mensuel serait de 8 000 yuans, la prime d'altitude de 1 000 yuans et l'employé bénéficierait de deux périodes de congé par an.

— OK ? demanda le Français.

— OK, répondit Bian Rongda.

Et c'est ainsi que le jeu démontra sa vérité et son sérieux.

C'était tout simple. Bian Rongda avait été licencié et il avait retrouvé un emploi. Il allait travailler. Après que Bian Rongda et la société Orbal eurent signé un contrat en bonne et due forme, Huang Xinlei fondit en larmes.

— Mais depuis quand es-tu tibétain ! Comment sais-tu si tu vas supporter le climat des hauts plateaux ? C'est si loin, si dur. On n'a pas besoin de cet argent !

Bian Rongda ne dit rien et se contenta de lui tapoter la main, sachant que ce n'étaient que des paroles. Ils pouvaient gagner quelque 100 000 yuans par an. Qui aurait laissé passer une aussi belle occasion ? La veille du départ, Huang Xinlei fut prise d'angoisse. Elle ne tenait plus en place, allait chercher une serviette de toilette et revenait avec un torchon. Leur fils, ayant appris que son père allait partir au Tibet, pour gagner de l'argent, devint soudain raisonnable et n'exigea pas de regarder la télévision. Après avoir joué un moment avec son père, il alla faire ses devoirs. Huang Xinlei pointa à nouveau la liste des affaires qu'il emporterait. Bian Rongda tourna lui aussi plusieurs fois autour de ses bagages puis pensa à des petits détails qu'il avait oubliés, comme le coupe-ongle. Mari et femme s'assirent sur le canapé, devant la télévision, et discutèrent de choses et d'autres : la cuvette des W.-C. qui était cassée ; le réfrigérateur qui apparemment ne produisait plus de froid ; le cabinet de toilette des voisins du dessus qui fuyait ; la facture de téléphone du mois où apparaissaient d'étranges communications avec l'étranger, il faudrait aller au bureau des télécoms pour réclamer ; Haohan, leur fils, devrait se faire opérer pour sa hernie ; à ce qu'on racontait, la moindre hospitalisation coûtait maintenant plusieurs milliers de yuans ; Wanrong était tombée malade elle aussi et avait dû être hospitalisée ; maître Bian avait téléphoné pour emprunter de l'argent ; il faudrait tout de même faire venir un professeur à domicile pour donner des cours à leur fils, etc.

— Maintenant, tout se paye, se lamenta Huang Xinlei en soupirant.

Bian Rongda avait l'air affligé. Il tapota encore la main de son épouse. Il commençait à se faire tard. L'enfant continuait à faire ses devoirs. Bian Rongda s'approcha, caressa la tête de son fils et dit :

— Elève Bian Haohan, il faut aller se coucher.

— J'ai pas sommeil, je peux encore travailler.

Les parents échangèrent un regard fugitif : tous deux se disaient que cette rare ardeur à l'étude méritait des éloges et des encouragements. Leurs compliments incitèrent l'enfant à redoubler d'efforts : il voulait montrer à son père ce dont il était capable. Les deux époux continuèrent à regarder la télévision jusqu'à ce que leur fils consente à se coucher. Bian Rongda alla se doucher le premier. Quand il sortit de la salle de bains, il trouva Huang Xinlei assoupie. Elle se frotta les yeux en s'excusant et se leva en hâte.

— Je vais me doucher. Après, ça ira mieux.

Pendant qu'elle se lavait, Bian Rongda regarda un DVD, un de ces films de guerre qu'il aimait bien. Il avait choisi un film américain, intitulé *La Chute du faucon noir*[1], qui était basé sur des événements véridiques. L'histoire se passait en 1993 en Somalie. Une unité spéciale des Casques bleus des Nations unies s'était trouvée piégée dans une attaque terrestre virulente. De nombreux plans du film avaient été tournés sous forme de bandes d'actualités. Sans même parler de l'horreur et de la cruauté de la guerre, la seule vision des Somaliens misérables et affamés suffit à faire dresser les cheveux sur la tête de Bian Rongda. Des rangées de Noirs morts de faim, aux jambes maigres comme des brindilles, les mouches bourdonnant autour de leurs yeux incapables de se fermer, les mères aux seins asséchés pendant sur leur ventre, des bébés pleurant de désespoir de n'avoir rien à téter. Les avions des

1. Film de Ridley Scott, sorti en 2001, avec Josh Hartnett et Ewan McGregor, dont le titre original est *Black Hawk Down*.

Nations unies jetant du ciel des ballots de nourriture, les Noirs se précipitant pour tenter de s'en saisir, s'entretuant, comme si la vie ne valait plus rien.

— Quelle horreur ! dit Bian Rongda.

Huang Xinlei sortit de la salle de bains et regarda fixement son mari. Sans quitter l'écran des yeux, il dit à son épouse :

— Viens vite voir, c'est vraiment épouvantable !

Sans s'approcher, elle répondit :

— Quoi ?

— La Somalie ! Mais quelle vie ils ont, les Somaliens !

Huang Xinlei ne venait toujours pas. Elle continuait à fixer ce mari qui se tourmentait pour le peuple somalien. Le lendemain, il allait partir très loin ! Bian Rongda était absorbé – les souffrances des Somaliens étaient trop révoltantes ! Comment la vie pouvait-elle être aussi abjecte et aussi sale…

— Regarde, viens vite voir ! dit Bian Rongda.

— Commence par regarder ta propre vie, répondit-elle.

Bian Rongda ne saisit pas les paroles de sa femme. Un hélicoptère Blackhawk américain venait d'être abattu !

— Merde ! s'exclama-t-il. Le Blackhawk tombe à pic ! Mon Dieu !

Les tirs de canon et de fusil retentirent à l'écran, le sang gicla. Des Somaliens serrés les uns contre les autres poussaient des cris de joie. Brandissant des armes et des bâtons, ils se précipitèrent vers les débris du Blackhawk. Le pilote américain, enfermé dans la cabine d'où s'échappait de la fumée, avait la jambe cassée, le désespoir se lisait sur son visage. Pendant tout ce temps, Huang Xinlei avait ignoré la télévision, et elle n'avait pas cessé de fixer et d'attendre son mari. Bian Rongda, lui, ne s'était pas retourné une seule fois vers elle, pensant qu'elle s'approcherait pour regarder la Somalie avec lui. Elle regagna seule la chambre.

Quand le film prit fin, Bian Rongda était encore bouleversé. Appuyé contre le dossier du canapé, il fuma une cigarette pour tenter de se calmer. Quand il eut recouvré son calme, il entendit de légers ronflements et des grincements de dents qui provenaient du fond de l'appartement. L'enfant grinçait des dents. Les ronflements étaient ceux de Huang Xinlei. Elle s'était endormie. Le lendemain, il allait partir. Ce soir, son épouse dormait. Mais, comparé au peuple somalien, il pensa qu'il devait s'estimer heureux. La santé de Huang Xinlei n'allait pas fort – c'était une bonne chose qu'elle puisse dormir un peu. Comme on dit : "Les hommes ont besoin de nourriture, les femmes de sommeil." Autant qu'elle dorme… Rien ne vaut une femme en bonne santé. Bian Rongda était excité. Pour le moment, il n'avait pas sommeil. Quand il eut achevé sa cigarette, il entra dans le cabinet de toilette. Il verrouilla doucement la porte de la pièce, s'assit sur le couvercle de la cuvette et commença à se caresser. Au dernier moment, alors qu'il était sur le point de ne plus pouvoir se contrôler, prêt à crier, il serra fort son poing gauche et réussit à garder un silence digne. Mais au même instant, il se prit à détester ce silence dont il était si fier. A partir de demain, il ne voulait plus qu'il en soit ainsi. Demain, il n'en serait plus ainsi. L'avenir était imprévisible. Il ignorait lui-même ce qui l'attendait au Tibet. Mais il savait que cela n'avait aucune importance. Il avait changé. Il était passé mentalement d'un état à un autre. Il allait abandonner l'ancien Bian Rongda. C'est un autre Bian Rongda, plus vrai, qui allait partir au loin. Partir a toujours été la tentation des hommes. Rien ne peut les attacher. Peut-être ne reviendrait-il jamais.

— C'est sûr que tu ne reviendras pas ? se demanda-t-il.

Et il s'entendit répondre avec assurance :

— Ouais.

TABLE

OUVRAGE RÉALISÉ
PAR L'ATELIER GRAPHIQUE ACTES SUD
ACHEVÉ D'IMPRIMER
SUR ROTO-PAGE
EN AOÛT 2006
PAR L'IMPRIMERIE FLOCH
A MAYENNE
POUR LE COMPTE DES ÉDITIONS
ACTES SUD
LE MÉJAN
PLACE NINA-BERBEROVA
13200 ARLES

DÉPÔT LÉGAL
1re ÉDITION : SEPTEMBRE 2006
N° impr. : 66181
(Imprimé en France)